LA PEDAGOGIA

Emanuele Kant

© 2023 Culturea Editions

Texte et illustration de couverture : © domaine public
Edition : Culturea (Hérault, 34)
Contact : infos@culturea.fr
Retrouvez notre catalogue sur http://culturea.fr
Imprimé en Allemagne par Books on Demand
Design typographique : Derek Murphy
Layout : Reedsy (https://reedsy.com/)

Dépôt légal : janvier 2023
Tous droits réservés pour tous pays

ISBN : 9791041842827

INTRODUZIONE

1. L'uomo è la sola creatura capace di essere educata. Per educazione, in senso largo, s'intende la cura (il trattamento, la conservazione) che richiede l'infanzia di lui, la disciplina che lo fa uomo, infine la istruzione con la cultura. Sotto questi tre rispetti, egli è infante, allievo e scolare.

Appena gli animali cominciano a sentire le proprie forze, le usano regolarmente, cioè in maniera tale da non recar danno a sè stessi. È curioso il vedere, per esempio, come le giovani rondinelle, appena uscite dal loro uovo e tuttora cieche, sappiano disporsi per modo da far cadere i loro escrementi fuori del nido. Gli animali non hanno dunque bisogno d'essere curati, sviluppati, riscaldati e guidati, o protetti. Vero è che la più parte di essi domandano nutrimento, ma non cure. Per cure bisogna intendere le precauzioni che prendono i genitori per impedire ai loro nati di far uso nocivo delle loro forze. Se, per esempio, un animale venendo al mondo gridasse come fanno i bambini, diverrebbe certamente preda dei lupi e di altre bestie selvagge attirate dalle sue grida.

La disciplina o educazione ci fa passare dallo stato di animale a quello d'uomo. Un animale è pel suo istinto medesimo tutto ciò che può essere; una ragione a lui superiore ha preso anticipatamente per esso tutte le cure necessarie. Ma l'uomo ha bisogno della sua propria ragione. Costui non ha istinto, e conviene che formi da se stesso il disegno della sua condotta. Ma, siccome non ne possiede la immediata capacità e viene al mondo nello stato selvaggio, ha bisogno dell'aiuto altrui.

La specie umana è obbligata a cavare a grado a grado da sè stessa colle proprie sue forze tutte le qualità naturali che appartengono all'umanità, una generazione educa l'altra. Se ne può cercare il primo principio in uno stato selvaggio o in uno stato perfetto di civiltà; ma nel secondo caso, bisogna pure, ammettere che l'uomo sia poi ricaduto nello stato selvaggio e nella barbarie.

2. La. disciplina impedisce all'uomo di lasciarsi deviare dal suo destino, dall'umanità, per le sue inclinazioni animali. Occorre, per esempio, ch'essa lo moderi, perché egli non si getti nel pericolo come un animale feroce, o come uno stordito. Ma la disciplina è puramente negativa, perché si restringe a spogliare l'uomo della sua selvatichezza; l'istruzione, al contrario, è la parte positiva dell'educazione.

La selvatichezza consiste nell'indipendenza da tutte le leggi. La disciplina sottomette l'uomo alle leggi dell'umanità, e comincia a fargli sentire la forza, l'autorità delle leggi stesse. Ma ciò dev'esser fatto per tempo. Così, mandansi per tempo i bambini alla scuola, non perchè vi apprendano qualcosa, ma perché vi si avvezzino a restare tranquillamente seduti e ad osservare puntualmente ciò che loro vien comandato, affinchè in progresso di tempo sappiano cavar subito buon partito da tutte le idee che verranno loro in mente.

Ma l'uomo è così portato naturalmente alla libertà che, quando vi abbia preso una lunga consuetudine, le sacrifica tutto. Ora questa è la precisa ragione onde conviene per tempo ricorrere alla disciplina; ché altrimenti sarebbe troppo difficile di cambiar poi il suo carattere, ed egli seguirà allora tutti i suoi capricci. Parimente, si vede che i selvaggi non si abituano mai a vivere come gli Europei, quantunque restino per lungo tempo ai servigj loro. Il che non deriva già in essi, come opinano il Rousseau ed altri, da una nobile tendenza alla libertà, ma da una certa rozzezza, perché l'uomo appo essi non si è ancora spogliato in qualche maniera della natura animale. E però dobbiamo avvezzarci per tempo a sottometterci ai precetti della ragione. Quando all'uomo si è lasciato seguire la piena sua volontà per tutta la gioventù e non gli si è mai resistito in nulla, ei conserva una certa selvatichezza per tutta la vita. Né ai giovani reca alcuna utilità un affetto materno esagerato, dacché più tardi si pareranno loro dinanzi ostacoli da tutte le parti, e troveranno dovunque contrarietà quando piglieranno parte agli affari del mondo.

Un vizio, nel quale ordinariamente si cade nell'educazione dei grandi, è quello di non opporre loro alcuna resistenza nella loro gioventù, perché sono destinati a comandare. Nell'uomo la tendenza alla libertà richiede ch'egli deponga la sua rozzezza: nell'animale bruto, al contrario, questo non è necessario per l'istinto di lui.

L'uomo ha bisogno di vigilanza e di cultura. La cultura abbraccia la disciplina e l'istruzione. Nessun animale, che noi sappiamo, ha bisogno di quest'ultima; imperciocchè veruno di essi apprende alcun che da' suoi antenati, salvo quegli uccelli che imparano a cantare. Infatti, gli uccelli sono ammaestrati nel canto dai loro genitori; ed è mirabil cosa il vedere, come in una scuola, i genitori cantare con tutte le proprie forze davanti ai loro nati e questi adoperarsi a cavare gli stessi suoni dalle loro tenere gole. Se taluno volesse convincersi che gli uccelli non cantano per istinto, ma che imparano a cantare, basta ne faccia la prova ed è questa: levi ai canarini la metà delle uova loro e vi sostituisca uova di passero; ed ancora coi piccoli canarini mescoli insieme passeri giovanissimi. Li metta in una gabbia donde non possano udire i passeri di fuori; essi impareranno il canto dai canarini e così avremo passeri cantanti. Né meno stupendo è il fatto che ogni specie d'uccelli conserva in tutte le generazioni un certo canto principale; così la tradizione del canto è la più fedele nel mondo.

L'uomo non può diventare vero uomo che per educazione; egli è ciò ch'essa lo fa. Vuolsi notare ch'egli può ricevere questa educazione soltanto da altri uomini che l'abbiano egualmente ricevuta dagli altri. Quindi la mancanza di disciplina e d'istruzione in certi uomini li rende assai cattivi maestri dei loro allievi. Se un essere di natura superiore si prendesse cura della nostra educazione, vedrebbesi allora ciò che noi possiamo divenire. Ma siccome l'educazione, da una parte insegna qualcosa agli uomini, e, dall'altra. non fa che svolgere in loro certe qualità. non si può sapere fin dove portino le nostre disposizioni naturali. Se almeno si facesse una esperienza coll'aiuto dei grandi e col riunire le forze di molti, ciò ne illuminerebbe sulla quistione di sapere fin dove l'uomo può arrivare per questa via. Ma una cosa tanto degna di osservazione per una mente speculativa quanto triste per un amico dell'umanità si è il vedere, che la più parte dei grandi non pensano che a sè stessi e non pigliano alcuna parte alle interessanti esperienze sulla educazione, per fare avanzare di qualche altro passo verso la perfezione la natura umana.

3. Non vi ha alcuno che, essendo stato trascurato nella sua gioventù, sia incapace di ravvisare nell'età matura in che venne trascurato, vuoi nella disciplina, vuoi nella cultura (poiché si può chiamar così la istruzione). Chi non possiede cultura di sorta è bruto; chi non ha disciplina o educazione è selvaggio. La mancanza di disciplina è un male peggiore della mancanza di cultura, perché a questa si può ancora rimediare più tardi, mentre non si può più mandar via la selvatichezza e correggere un difetto di disciplina. Forse l'educazione diverrà sempre migliore, e ciascuna delle generazioni venture farà un passo di più verso il perfezionamento dell'umanità, imperocché il gran segreto della perfezione della natura. umana dimora nel problema stesso dell'educazione. Si può camminare oramai per questa via; difatti, oggidì si principia a giudicare esattamente e a vedere in modo chiaro in che proprio consiste una buona educazione. E reca dolce conforto il pensare che la natura umana sarà sempre più e meglio dispiegata e migliorata dall'educazione, e che si può arrivare a darle quella forma che veramente le conviene. In ciò consiste la prospettiva della felicità avvenire della specie umana.

L'abbozzo d'una teorica dell'educazione è un ideale nobilissimo e che non tornerebbe punto nocivo, quando anche non fossimo in grado di effettuarlo. Non bisogna considerare un'idea come vana e ritenerla come un bel sogno, perché certi ostacoli ne impediscono l'effettuazione.

Un ideale altro non è che il concetto d'una perfezione che non si è riscontrato ancora nell'esperienza: tal sarebbe, per esempio, l'idea d'una repubblica perfetta, governata secondo le regole della giustizia. Si dirà dunque impossibile? Basta, in primo luogo, che la nostra idea non sia falsa; in secondo luogo, che non sia impossibile assolutamente di vincere tutti gli ostacoli per tradurla in atto. Se, poniamo, ciascuno mentisse, la veracità sarebbe per questo una chimera? L'idea di una educazione che svolga nell'uomo tutte le sue disposizioni naturali è vera assolutamente.

Con l'educazione presente l'uomo non consegue appieno il fine della sua esistenza. Imperocché quanta diversità non corre tra gli uomini nel loro modo di vivere! Né tra loro può essere uniformità di. vita se non in quanto essi operino secondo gli stessi principi e questi principi divengano per loro come una seconda natura. Noi possiamo almeno lavorare intorno al disegno d'una educazione conforme all'intento che dobbiamo proporci, e lasciare istruzioni agli avvenire che potranno a grado a grado metterle in pratica. Osservate, per esempio, i fiori detti orecchi di orso: quando li tiriamo dalle radici, hanno tutti il medesimo colore; quando invece se ne pianta il seme, otteniamo colori tutti differenti e svariatissimi. La natura ha dunque riposto in loro certi germi del colore, e per isvilupparveli basta seminare e piantare convenientemente questi fiori. Il somigliante accade nell'uomo!

Vi sono molti germi nell'umanità, e spetta a noi svolgere con debita proporzione le nostre disposizioni naturali, dare all'umanità tutto il suo dispiegamento, e adoperarci a conseguire la nostra destinazione. Gli animali compiono il loro destino spontaneamente e senza conoscerlo. L'uomo, al contrario, è obbligato a cercar di conseguire il fine suo; il che non può egli fare se prima non ne ha un'idea. L'individuo umano non può compiere da sè questa destinazione. Se ammettiamo una prima coppia del genere umano realmente educata, bisogna sapere altresì in qual modo essa educò i suoi figli. I primi genitori danno ai loro figli un primo esempio; questi lo imitano, e così dispiegansi alcune disposizioni naturali. Ma tutti non possono essere educati a questo modo, giacché gli esempi si offrono ordinariamente ai bambini secondo l'occasione. In altri tempi gli uomini non avevano alcuna idea della perfezione onde la natura umana. è capace; noi stessi non l'abbiamo ancora in tutta la sua purezza. È certo del pari che tutti gli sforzi individuali, che hanno per fine la cultura dei nostri allievi, non potranno mai far sì che costoro giungano a conseguire la loro destinazione. Questo fine non può esser dunque conseguito dall'uomo singolo, ma unicamente dalla specie umana.

4. L'educazione è un'arte, la cui pratica ha bisogno d'essere perfezionata da più generazioni. Ciascuna generazione, provveduta dalle conoscenze delle precedenti generazioni, è sempre più in grado di arrivare a una educazione che in giusta proporzione e in conformità del loro fine svolga tutte le nostre disposizioni naturali e così guidi tutta la specie umana alla sua destinazione. La Provvidenza ha voluto che l'uomo fosse obbligato a cavare da sè stesso il bene, e in qualche modo gli dice: «Entra nel mondo. Io ho messo in te ogni specie di attitudini per il bene. Ora a te solo spetta svilupparle per il bene; e quindi la tua felicità o la tua infelicità dipende da te.» Così il Creatore potrebbe parlare agli uomini!

5. L'uomo deve innanzi tutto svolgere le sue attitudini per il bene; la Provvidenza non le ha messe in lui bell'e formate, ma come semplici disposizioni, e però non vi è ancora distinzione di moralità. Render sè stesso migliore, educare sè medesimo, e, s'egli è cattivo, svolgere in sè la moralità, ecco il dovere dell'uomo. Quando vi si rifletta consideratamente, si vede quanto ciò sia difficile. L'educazione, pertanto, è il più grande e il più arduo problema che ci possa esser proposto. Difatti le cognizioni dipendono dall'educazione, e questa dipende alla sua volta da. quelle. Onde non potrebbe l'educazione progredire che di mano in mano; e noi possiamo arrivare a farcene un'idea esatta solo in quanto ciascuna generazione trasmette le sue sperienze e le sue cognizioni alla generazione posteriore, che vi aggiunge qualcosa di suo e le tramanda così aumentate a quella che le succede. Qual cultura e quale sperienza dunque non suppone questa idea? E però essa non poteva sorgere che tardi, e noi stessi non l'abbiamo ancora innalzata al suo più alto grado di purezza. Si tratta di sapere se l'educazione nell'uomo singolo debba imitare la cultura che l'umanità in generale riceve dalle sue diverse generazioni.

Tra le umane scoperte ve ne ha due difficilissime, e sono l'arte di governare gli uomini e l'arte di educarli; e però si disputa ancora su queste idee.

Ora, donde principieremo a svolgere le naturali disposizioni dell'uomo? Bisogna muovere dallo stato barbaro dell'uomo, o da uno stato già culto? Non è agevol cosa il concepire uno svolgimento partendo dalla barbarie (per la difficoltà somma di farci un'idea del primo uomo); e noi vediamo che ogni qualvolta si sono prese le mosse da questo stato, l'uomo è ricaduto nella selvatichezza, e che però sono sempre stati necessari nuovi sforzi per uscirne. Anche nei popoli assai civili ritroviamo un avanzo di barbarie, attestato dai più antichi monumenti scritti a noi tramandati: e qual grado di cultura non suppone già la scrittura? E da questo punto, cioè dalla invenzione della scrittura, si potrebbe anzi far cominciare il mondo rispetto alla civiltà.

Poiché le nostre disposizioni naturali non si svolgono da sè stesse, ogni educazione è un'arte. La. natura non ci ha dato per questo fine alcun istinto. L'origine, come il suo relativo progresso, dell'arte educativa, è o meccanica, senza disegno, sottoposta a date circostanze, o ragionata. L'arte di educare non risulta meccanicamente dalle condizioni in che apprendiamo per esperienza se una data cosa ci è dannosa od utile. Ogni arte di questo genere, che sarebbe puramente meccanica, conterrebbe molti errori e lacune, perchè non seguirebbe alcuna norma. Occorre pertanto che l'arte dell'educazione o la Pedagogia sia ragionata, affinchè la natura umana possa svolgersi per modo da conseguire la sua destinazione. I genitori, che hanno ricevuto essi pure una certa educazione, sono già esemplari su' quali si regolano i figli. Ma per rendere questi migliori, è necessario di fare uno studio nella Pedagogia; diversamente nulla se ne può sperare, e l'educazione viene affidata ad uomini educati non bene. Al meccanismo nell'arte educativa bisogna sostituire la scienza, diversamente ella non sarà altro che uno sforzo continuo, ed una generazione potrebbe distruggere quanto un'altra avesse edificato.

6. Un principio di Pedagogia, al quale dovrebbero mirare segnatamente gli uomini che propongono norme di arte educativa, è questo: Che non devesi educare i fanciulli secondo lo stato presente nella specie umana, ma secondo uno stato migliore, possibile nell'avvenire, cioè secondo l'idea dell'umanità e della sua intera. destinazione. Questo principio è d'una importanza tragrande. I genitori educano per lo più i loro figli per la società presente, sia pure corrotta. Dovrebbero, al contrario, dar loro una educazione migliore, perché un migliore stato ne possa venir fuori nell'avvenire. Ma qui si parano dinanzi due ostacoli: 1° I genitori non si curano per ordinario che di una cosa sola, ed è che i loro figli facciano buona figura nel mondo; 2° I principi risguardano i propri sudditi come strumenti nei loro disegni.

I genitori pensano alla casa, i principi allo Stato. Gli uni e gli altri non si propongono per fine ultimo il bene generale e la perfezione a cui è destinata l'umanità. Le basi fondamentali d'un disegno d'educazione fa d'uopo che abbiano un carattere mondiale. Ma il bene generale è un'idea che possa tornar dannosa al nostro bene particolare? Niente affatto! Imperocché, quantunque sembri che gli si debba sacrificare qualcosa, veniamo così a lavorar meglio pel bene del nostro stato presente. E allora quante nobili conseguenze! Una buona educazione è proprio la sorgente d'ogni bene nel mondo. I germi che sono riposti nell'uomo debbono svilupparsi ognor di vantaggio; imperocché nelle disposizioni naturali dell'uomo non v'ha principio di male. La sola causa del male sta nel sottoporre a norme la natura. Nell'uomo non vi sono che i germi per il bene.

Da chi dee provenire il miglioramento dello stato sociale? Dai principi o dai sudditi? Conviene che questi si migliorino prima da sè stessi, e facciano la metà di strada per andare incontro a governi buoni? Se, invece, deve partire dai principi questo miglioramento, si cominci dunque a riformare la loro educazione; poiché si è commesso per lungo tempo questo grave sbaglio, di non resistere mai agli stessi principi nella loro gioventù. Un albero che resta isolato in mezzo ad un campo perde la sua dirittura nel crescere e stende lungi i suoi rami; al contrario, quello che cresce nel mezzo di una foresta si mantiene diritto, per la resistenza che gli oppongono gli alberi vicini, e cerca al disopra l'aria ed il sole. Avviene lo stesso nei principi. Ma vale ancor meglio siano educati da qualcuno dei loro sudditi che dai loro pari. Non si può attendere il bene dall'alto se prima non vi sarà migliorata l'educazione! Qui bisogna dunque contare più sugli sforzi dei privati che sul concorso dei principi, come hanno giudicato Basedow ed altri; dacchè l'esperienza c'insegna che i principi nell'educazione badano meno al bene del mondo che a quello dello Stato, e vi scorgono solo un mezzo per giungere ai loro fini. Se col denaro soccorrono la educazione, si riservano il diritto di stabilire le norme che loro convengono. Lo stesso va detto per tutto ciò che risguarda la cultura dello spirito umano e l'incremento delle umane conoscenze. Questi due risultamenti non sono procurati dal potere e dal denaro, ma solo facilitati; bensì potrebbero procurarli ove lo Stato non prelevasse le imposte unicamente nell'interesse del suo erario. Neppur le Accademie li hanno dati finora, ed oggi più che mai non si scorge alcun segno ch'esse comincino a darli.

7. La direzione delle scuole dovrebbe pertanto dipendere dal senno di persone competenti ed illustri. Ogni cultura comincia dai privati e da questi poi si diffonde. La natura umana può avvicinarsi di mano in mano al suo fine solamente per gli sforzi di persone dotate di generosi e grandi sentimenti, le quali s'interessano al bene del mondo sociale e sono in grado di concepire uno stato migliore, come possibile, nell'avvenire. Intanto alcuni potenti risguardano il loro popolo come, in certa guisa, una parte del regno animale, e mirano solamente alla propagazione. Al più desiderano ch'esso abbia una certa abilità, ma solo a fine di potersi giovare dei proprii sudditi come di strumenti più acconci ai loro disegni. I privati devono certamente badare al fine della natura fisica, ma devono soprattutto curare lo svolgimento della umanità, e far si ch'ella diventi non solo più abile, ma ancora più morale, da ultimo, cosa molto più difficile, adoperarsi a che i posteri arrivino ad un più alto grado di perfezione.

8. L'educazione, pertanto, deve:

1° Disciplinare gli uomini. Disciplinarli vuol dire cercar d'impedire che la parte animale non soffochi la parte veramente umana, così nell'umano individuo come nella società. Dunque la disciplina consiste semplicemente nello spogliar l'uomo della sua selvatichezza.

2° Deve coltivarli. La. cultura abbraccia la istruzione ed i varî insegnamenti. Essa fornisce l'abilità: e questa è il possesso d'un'attitudine sufficiente a tutti i fini che possiamo proporci. Essa dunque non determina da sè alcun fine, ma lascia questa cura alle circostanze. Alcune arti sono utili in ogni tempo e in ogni occasione, come sarebbero le arti di leggere e di scrivere; altre sono buone solo in rispetto a certi fini, come l'arte della musica, che rende amabile colui che la possiede. L'abilità è in certo modo infinita, in grazia dei molti fini che possiamo proporci.

3° L'educazione deve altresì curare che l'uomo divenga prudente, che sappia vivere in società coi suoi simili, farvisi amare ed avervi autorità. Questa sorta di cultura dicesi propriamente civiltà. Essa richiede certi modi cortesi, gentilezza e quella prudenza onde possiamo giovarci degli altri uomini pei nostri fini; e si regola secondo il gusto mutabile di ogni secolo. Così amiamo ancora, dopo alcuni anni, le cerimonie in società.

4° Deve, finalmente, curare nell'uomo la moralità. Ed invero, non basta che l'uomo sia capace di ogni sorta di fini; occorre altresì ch'ei sappia farsi una massima di scegliere tra quelli soltanto i buoni. Diconsi buoni que' fini che sono necessariamente approvati da ognuno e che ponno essere al tempo stesso i fini di ciascuno.

9. L'uomo può essere guidato, disciplinato, istruito in modo affatto meccanico, ed illuminato veramente. Si guidano i cavalli, i cani, e si può guidare anche gli uomini.

Ma non basta guidare i fanciulli; preme massimamente ch'essi imparino a pensare. Occorre badare ai principii dai quali derivano tutte le azioni. È dunque manifesto quante cose richiede una vera educazione! Ma nell'educazione privata la quarta condizione, che è la più importante, viene per lo più assai trascurata; poiché insegnasi ai fanciulli ciò che stimiamo essenziale, e intanto si lascia la morale al predicatore. Ma non è forse importante d'insegnare ai fanciulli a odiare il vizio, non per la semplice ragione che Dio l'ha proibito, ma perché di natura sua è spregevole! Altrimenti e' si lasciano indurre nel vizio, pensando che il male potrebbe esser lecito se Dio non l'avesse vietato, e che si può far benissimo una eccezione a favor loro. Dio, ch'è l'essere sovranamente santo, non vuole se non ciò ch'è buono. Egli vuole che noi pratichiamo la virtù per il suo valore intrinseco e non perché Ei lo comandi.

Noi viviamo in un'epoca di disciplina, di cultura e di civiltà, ma che non è ancora quella della moralità vera. Nelle presenti condizioni si può dire che la felicità degli Stati cresce di pari grado colla infelicità degli uomini. E non si tratta ancora di sapere se noi saremmo più felici nello stato di barbarie, dove non esiste tutta questa nostra cultura, che nello stato presente. Come si può, difatti, render felici gli uomini, se non li rendiamo morali e savi? La quantità del male appo essi non verrà cosi diminuita.

Bisogna fondare scuole sperimentali prima di poter creare quelle normali. L'educazione e l'istruzione non debbono essere puramente meccaniche, ma devono riposare su principî. Tuttavia non hanno da fondarsi sul puro ragionamento, ma in un certo senso anche sul meccanismo. L'Austria non ha guari che scuole normali, istituite giusta un disegno contro il quale si sono a buon diritto sollevate molte obbiezioni, ed al quale si poteva rimproverare un cieco meccanismo. Tutte le altre scuole dovevano regolarsi su quelle e si negava altresì un ufficio pubblico a chi non avesse frequentato quelle scuole! Tali prescrizioni dimostrano quale e quanta parte abbia in certe cose il Governo; e non è possibile di arrivare a qualcosa di buono con siffatti ordinamenti.

Si crede da' più che non sia necessario di fare sperienze in materia di educazione, e che si possa giudicare con la sola ragione se una cosa sarà buona o cattiva. Ma qui sta un grave errore, e l'esperienza ne insegna che i nostri tentativi spesso han dato risultamenti opposti affatto a quelli che ci attendevamo. È dunque chiaro che, sendo qui necessaria l'esperienza, nessuna generazione d'uomini può fare un disegno compiuto d'educazione. La sola scuola sperimentale che abbia finora incominciato in qualche modo a battere questa via è stata l'Istituto di Dessau. Nonostante parecchi difetti che gli potremmo rimproverare, ma che del rimanente si riscontrano in tutti i primi sperimenti, bisogna concedergli questa gloria, ch'esso non ha cessato di spronare a nuovi tentativi. In un certo modo esso è stato l'unica scuola dove i maestri avessero libertà di lavorare secondo i propri metodi e disegni, e dove fossero uniti fra loro e si mantenessero in relazione con tutti i dotti della. Germania.

10. L'educazione comprende le cure necessarie ai bambini e la cultura.

La cultura è: 1° negativa, come disciplina che si restringe ad impedire le colpe; 2° è positiva, come istruzione e direzione (Anführung), e sotto questo rispetto merita il nome di cultura. La direzione serve di guida nella pratica di ciò che si vuole apprendere. Di qui la differenza tra il precettore, che è semplicemente un maestro, e il governatore (Hofmeister), che è un direttore. Il primo dà soltanto l'educazione della scuola; il secondo, quella della vita.

Il primo periodo dell'educazione è quello in cui l'allievo deve mostrare soggezione ed obbedienza passiva; il secondo, quello in cui gli si permette far uso della sua riflessione e della sua libertà, ma purché sottometta l'una e l'altra a certe leggi. Nel primo periodo il costringimento è meccanico, nel secondo è morale.

11. L'educazione è privata o pubblica. Quest'ultima si riferisce all'insegnamento che può sempre rimaner pubblico. La pratica dei precetti si lascia all'educazione privata. Un'educazione pubblica compiuta è quella che riunisce ad un tempo l'istruzione e la cultura morale. Il suo fine consiste nel promuovere una buona educazione privata. Una scuola dove si pratichi questo si chiama un Istituto di educazione. Di somiglianti Istituti non può esservi gran copia, né potrebbero essi ammettere un gran numero di allievi; imperocché sono costosissimi, e la semplice istituzione di questi Collegi richiede molte spese. Lo stesso va detto degli ospedali. Gli edifizi loro necessari, il trattamento dei direttori, delle guardie o dei domestici assorbiscono la metà dell'entrate: ed è oramai provato che se si distribuisse questo denaro ai poveri nelle rispettive loro case, e' sarebbero curati assai meglio. È difficile ancora di ottenere che i ricchi mandino i loro figliuoli agl'Istituti educativi.

Fine di questi Istituti pubblici è il perfezionamento dell'educazione domestica. Se i genitori o quelli che li assistono nell'educare i loro figli avessero ricevuto una buona educazione, la spesa degli Istituti pubblici potrebbe non esser più necessaria. Quindi bisogna farvi certe prove e formarvi persone adatte, affinché ci possano dare in progresso una buona educazione domestica.

L'educazione privata è data dai genitori stessi, o, se per caso non ne abbiano il tempo, la capacità o il gusto, da altre persone che li aiutano in ciò, mediante una ricompensa. Ma questa educazione data così da persone ausiliarie ha il gravissimo difetto di dividere l'autorità fra i genitori ed il precettore. Il fanciullo deve regolarsi secondo i precetti dei suoi maestri, e deve in pari tempo seguire i capricci dei suoi genitori. È necessario che in questo genere di educazione i genitori depongano tutta la loro autorità in mano dei maestri.

Ma fin dove l'educazione privata è preferibile alla educazione pubblica, o questa a quella? L'educazione pubblica, in generale, sembra più vantaggiosa dell'educazione domestica, non solamente in rispetto alla abilità, sì anche in rispetto al vero carattere di cittadino. L'educazione domestica, oltre non correggere i difetti appresi in famiglia, li aumenta.

12. Quanto tempo deve durare l'educazione? Fino a che la natura ha voluto che l'uomo si governi da sè stesso, fino a che si sviluppi in lui l'istinto del sesso, fino a che egli può divenire padre ed esser tenuto di educare alla sua volta, ossia fino all'età di circa sedici anni. Decorsa quest'età, si può ricorrere a maestri che proseguano a coltivarlo, a sottoporlo ad una celata disciplina; ma la sua educazione regolare è finita.

13. La soggezione dell'allievo è positiva o negativa. Positiva, in quanto ei deve fare ciò che gli viene comandato, non potendo ancora giudicare da sè e non avendo ancora appreso l'arte d'imitare. Negativa, in quanto l'allievo dee fare ciò che desiderano gli altri, se vuole ch'essi dal canto loro facciano qualcosa che gli torni piacevole. Nel primo caso egli è esposto ad essere punito; nel secondo, a non ottenere ciò che desidera: e qui, benché possa oramai riflettere, ei dipende dal suo piacere.

14. Uno dei più grandi problemi dell'educazione si è di poter conciliare la sommissione all'autorità legittima coll'uso della libertà. Imperocché l'autorità è necessaria! Ma in qual modo coltivare la libertà per mezzo dell'autorità? Bisogna che io avvezzi il mio allievo a soffrire che la sua libertà venga sottoposta all'autorità altrui, e che in pari tempo io gl'insegni a far retto uso della sua libertà. Senza questa condizione, in lui non vi sarebbe altro che puro meccanismo; l'uomo sfornito di vera educazione non sa far uso della sua libertà. Fa d'uopo ch'egli senta per tempo la resistenza inevitabile della società, perché impari a conoscere quanto è difficile di bastare a sè stesso, di tollerare le privazioni e di acquistare quanto basti a rendersi indipendente.

Qui devesi por mente alle infrascritte regole. 1° Bisogna lasciar libero il fanciullo fino dalla sua prima età e in tutti i suoi movimenti (salvo in quelle occasioni in cui può farsi del male come, per esempio, se prendesse in mano uno strumento tagliente), a patto bensì di non impedire la libertà altrui, come quando grida, o manifesta il suo brio in modo troppo rumoroso e da recar disturbo agli altri. 2° Gli si deve mostrare ch'ei può conseguire i suoi fini, a patto bensì ch'egli permetta agli altri di conseguire i loro propri; ad esempio, non si farà niente di piacevole per lui s'ei non fa ciò che desideriamo, come d'imparare ciò che gli viene insegnato, e via dicendo. 3° Bisogna provargli che l'autorità, il costringimento a cui si sottopone, ha per fine d'insegnargli ad usar bene della sua libertà, che lo educhiamo ed istruiamo affinché possa un giorno esser libero, cioè fare a meno del soccorso altrui. Questo pensiero sorge assai tardi nella mente dei fanciulli, poichè non riflettono nei primi anni che dovranno un giorno provvedere da sè stessi al loro mantenimento. Credono che la cosa andrà sempre come nella casa paterna, cioè ch'essi avranno da mangiare e da bere senza darsene alcun pensiero. Ora senza questa idea, i fanciulli, segnatamente quelli dei ricchi ed i figli dei principi, restano per tutta la vita come gli abitanti di Otahiti. L'educazione pubblica ha qui manifestamente i più grandi vantaggi: vi s'impara a conoscere la misura delle proprie forze ed i limiti che c'impone il diritto altrui. Non vi si gode alcun privilegio, poiché vi sentiamo dovunque la resistenza, e ci eleviamo sopra gli altri solo per merito proprio. Questa educazione pubblica è la migliore immagine della vita del cittadino.

Resta ancora una difficoltà che non vuol essere qui dimenticata, e risguarda la cognizione anticipata del sesso, a fine di preservare i giovinetti dal vizio prima dell'età matura. Vi ritorneremo sopra più innanzi.

15. La Pedagogia o scienza dell'educazione, si divide in fisica e in pratica. L'educazione fisica è quella che l'uomo ha comune con gli animali, e risguarda le cure della vita corporea. L'educazione pratica o morale (si chiama pratico tutto quello che si riferisce alla libertà) è quella che risguarda la cultura dell'uomo, perchè costui possa vivere come ente libero. Quest'ultima è l'educazione della persona, l'educazione d'un ente libero, che può bastare a sè stesso e tenere il suo vero posto in società, ma che altresì è capace d'avere per sè un valore intrinseco.

Quindi l'educazione consiste: 1° nella cultura. scolastica o meccanica, che risguarda l'abilità; essa. pertanto è didattica (e sta nell'opera del maestro); 2° nella cultura prammatica, che si riferisce alla prudenza (e sta nell'opera del governatore); 3° nella cultura morale, e si riferisce alla moralità.

L'uomo ha bisogno della cultura scolastica o della istruzione, per mettersi in grado di conseguire tutti i suoi fini. Essa gli dà un valore come individuo umano. La cultura della prudenza lo prepara a diventare cittadino vero, dacché gli conferisce un valore pubblico. In questo modo egli impara a trar partito pei suoi fini della società civile e a conformare sè stesso a quelli sociali. Finalmente, la cultura morale gli dà un valore che risguarda tutta la specie umana.

Prima viene la cultura scolastica. Difatti, la prudenza presuppone sempre l'abilità. La prudenza è la facoltà di usar bene e con profitto l'abilità propria. Per ultimo viene la morale, in quanto si fonda su principi che l'uomo stesso deve riconoscere; ma finché riposa unicamente sul senso comune, dev'essere praticata fin da principio, anche nell'educazione fisica, chè altrimenti parecchi difetti si radicherebbero a segno da render poi vani tutti gli sforzi e tutta l'arte dell'educazione. Rispetto all'abilità e alla prudenza, tutto dee venire a suo tempo con gli anni. Mostrarsi nell'infanzia abile, prudente, paziente, senza malizia, come un uomo adulto, sarebbe lo stesso che voler conservare nell'età matura la sensibilità di un fanciullo.

A.

Dell'educazione fisica.

16. Chi intraprende un'educazione come precettore, sebbene non tolga a dirigere così presto i fanciulli per occuparsi anche della loro educazione fisica, giova per altro ch'egli sappia tutto quello che si richiede nella, educazione da principio alla fine. Quantunque un precettore non debbasi occupare che di fanciulli adulti, può accadere ch'ei veda nascere altri figli nella stessa famiglia, e che, s'egli ha meritato per la sua condotta di essere il confidente dei genitori, questi non manchino di consultarlo sull'educazione fisica dei loro figli; poiché si dà spesso il caso che il precettore sia l'unica persona dotta della casa. Occorre adunque che il precettore abbia cognizioni su questa materia.

17. L'educazione fisica consiste propriamente nelle cure date ai bambini o dai genitori, o dalle nutrici, o dalle bambinaie. Il nutrimento destinato dalla. natura al bambino è il latte della sua propria madre. È un pregiudizio il credere che il bambino succhi in qualche modo col latte i sentimenti materni, benchè sentiamo dire spesso: Tu hai succhiato ciò col latte di tua madre. Ma è di gran vantaggio pel bambino e per la madre che costei lo allatti da sè stessa. Bisogna però ammettere, in certi casi estremi, le debite eccezioni per motivi di salute o di malattia. Si credeva un tempo che il primo latte che viene alla madre dopo il parto e che rassomiglia al siero fosse nocivo al bambino, e che la madre dovesse subito liberarsene prima di allattare la sua creatura. Ma il Rousseau fu il primo a richiamare l'attenzione dei medici sulle qualità di questo primo latte; se cioè potesse tornare utile al bambino, dacché la natura non ha fatto niente invano . E si è realmente trovato che questo latte non solo monda il corpo del neonato da quegli escrementi che contiene, detti meconio dai medici, ma che è altresì buono e utile al bambino

18. È stata agitata la questione se si possa egualmente nutrire il bambino col latte di animali. Il latte degli animali erbivori, che cioè si nutriscono di vegetabili, si rapprende prontamente quando vi si unisca qualche acido, per esempio l'acido tartarico o l'acido nitrico, o particolarmente il caglio animale (Lab o Laff). Ciò posto, quando la madre o la balia si è per qualche tempo nutrita di vegetabili esclusivamente, il suo latte si rapprende come quello di vacca e di altri animali. Ma s'ella si rimette a mangiare per qualche tempo la carne, il latte le ritorna buono come prima. Onde si è concluso esser più confacente al bambino che la madre o la balia si nutriscano di carne fino a che allattano. Quando i bambini rigettano il latte che hanno succhiato, vuol dire ch'esso è rappreso. L'acido contenuto nel loro stomaco deve pertanto far cagliare il latte meglio di tutti gli altri acidi, chè diversamente il latte della donna non avrebbe affatto la proprietà di rappigliarsi. Quanto non sarebbe dunque contrario alla salute dei bambini porgere loro del latte che si accagliasse già da sè medesimo! Ma non tutto dipende da questo presso altre nazioni. Per esempio, i Tongos campano quasi unicamente di carne, e son gente sana e robusta. Ma tutti i popoli di questa sorta hanno vita breve, e senza molto sforzo si può sollevare da terra un giovane alto che a prima giunta non si credeva leggero. Gli Svedesi, al contrario, ma segnatamente i popoli dell'India non mangiano quasi mai carne, e tuttavia i figli loro son bene allevati e crescono forti. Pare adunque che tutto dipenda dalla salute della madre o della balia, e che il cibo più confacente alla nutrice sia quello che la fa star meglio di salute.

19. Ora si tratta di sapere quale alimento convenga scegliere pel bambino quanto sia stato divezzato o gli sia cessato il latte materno. Da qualche tempo si è tentato di surrogarvi ogni sorta di pappe; ma non è bene di somministrare fin da principio al bambino questo genere di alimenti. Si badi soprattutto di non dargli alcun che di piccante, come vino, spezie, sale. D'altra parte non deve far meraviglia che i bambini palesino tanto gusto per queste cose; imperocché esse danno ai loro sensi ancora ottusi un eccitamento ed un'animazione piacevole. In Russia i bambini certamente ereditano questo genere di gusti dalle madri loro, le quali amano di bere l'acquavite; e si nota che i Russi sono forti e sani. Per fermo coloro che sopportano questa maniera di vita debbono essere d'una buona costituzione fisica; ma è vero altresì che ne muoiono parecchi, mentre con diverso tenore di vita avrebbero potuto vivere. Difatti, un eccitamento prematuro di nervi genera molti disordini nella vita. Si guardi parimente di non dare ai bambini bevande e cibi troppo caldi, perché tutto ciò li rende deboli.

20. Conviene altresì aver cura di non tener troppo caldi i bambini, perché il sangue loro è per sua natura assai più caldo di quello degli adulti. Il calore del sangue dei bambini ascende a 110 gradi del termometro Farenheit, mentre il sangue degli adulti non oltrepassa i 90 gradi. Il bambino soffoca in un'atmosfera in cui gli adulti possono trovarsi bene. Le abitazioni fresche generalmente rendono forti gli uomini. Non conferisce neppure alla salute degli adulti il vestire troppo caldamente, il coprirsi e l'avvezzarsi a bevande troppo calde. E però il letto dei fanciulli dev'essere fresco e duro: anche i bagni freddi giovano ai medesimi. Non si deve usare alcun eccitante per far nascere l'appetito nel fanciullo; al contrario, bisogna che l'appetito sia sempre generato dall'attività e dall'occupazione. Ai fanciulli non si lascino contrarre abiti che poi si convertano in bisogni. Anche in quello che è buono, non usate la vostra arte per far loro di tutto una consuetudine.

21. I popoli barbari non fanno uso di fasce pei bambini. I selvaggi dell'America, per esempio, scavano piccole fosse nella terra pei loro bambini; e ne guarniscono il fondo con polvere di vecchi alberi affinché l'orina e le immondezze vi s'infiltrino ed i bambini possano così restarvi asciutti; e poi le cuoprono di foglie. Ma, del resto, lasciano ad essi affatto libero l'uso delle membra. Se noi fasciamo i bambini come mummie si fa unicamente per nostro comodo, cioè per toglierci la noia di vegliare perché non divengano storpi. E ciò tuttavia accade spesso per l'uso delle fasce! Le quali, d'altra parte, riescono dolorose ai bambini stessi, e li gettano in una specie di disperazione impedendo loro l'uso delle proprie membra. Si crede allora poterne acquetare i pianti rivolgendo loro alcune parole. Ma si tenti di fasciare stretto stretto a quel modo un uomo adulto, e allora vedremo ch'egli pure si mette a gridare e cade nell'angoscia e nella disperazione.

22. In generale va osservato che la prima educazione sia puramente negativa, cioè che nulla debbasi aggiungere alle precauzioni prese dalla natura, ma ristringersi a non distruggerne l'opera. Se v'ha un'arte permessa nell'educazione è quella di avvezzare i fanciulli. Bisogna dunque non far uso di fasce pei bambini. Ma se si vuol prendere qualche precauzione, la miglior cosa è una certa specie di scatola guarnita di corregge nella parte superiore. Gl'Italiani l'adoperano e la chiamano arcuccio. Il bambino resta sempre in questa scatola anche quando si allatta. In tal maniera si evita che la madre soffochi il bambino, ove ella si addormenti allattandolo di notte. Per questo motivo da noi muoiono parecchi bambini. Questa precauzione è dunque preferibile alle fasce perché il bambino si muove in tal modo più liberamente e si evitano le deformità, che avvengono spesso per la fasciatura.

23. Un'altra consuetudine nella prima educazione è di cullare i bambini. Il mezzo più semplice è quello che adoprano certi contadini. Sospendono la culla alle travi per mezzo d'una corda e non fanno che spingerla; la culla si dondola da sè. Ma in generale il cullamento non serve a nulla. Si vede anche colle persone adulte, che quel dondolìo produce lo stordimento e l'alterazione di stomaco. Si vuole in tal modo stordire i bambini, per impedire loro di piangere. Ma il pianto è loro salutare. Appena usciti dal seno materno, ove son privi d'aria, cominciano a respirare, e così il corso del sangue, essendo in tal modo alterato, fa loro provare una sensazione dolorosa. Però col pianto essi facilitano lo sviluppo delle parti interne e dei vasi del corpo. È dunque pernicioso ai bambini cercare di quietarli appena cominciano a piangere, cantando loro qualcosa come sogliono fare le balie. E così cominciasi ad avvezzar male il bambino, poiché vedendo che tutto cede ai suoi pianti, li ripete più spesso.

24. Veramente possiamo dire che i bambini del popolo sono più avvezzati male di quelli dei signori, perché il popolo scherza con loro come le scimmie. Cantano, li abbracciano, li accarezzano, ballano con loro. Credono dunque di fare cosa buona ed utile al bambino, accorrendo subito appena comincia a piangere e giuocando con lui; ma egli non farà che piangere sempre più. Se al contrario non ci occupiamo de' suoi pianti, egli finisce per non piangere più; dacché nessuna creatura si procaccia volentieri una pena inutile. Se avvezziamo i bambini a veder tutti i loro capricci soddisfatti, invano tenteremo più tardi di piegare la loro volontà. Lasciamo dunque che piangano a loro talento, e presto ne saranno stanchi e annoiati essi stessi. Ma se cediamo ai loro capricci nella prima età, si corrompe in tal modo il loro cuore ed i loro costumi.

Certamente il bambino non ha ancora nessuna idea dei costumi, ma si guastano le sue disposizioni naturali in questo senso, che per rimediare al male bisogna poi infliggergli durissime punizioni. E allorquando vogliamo divezzare i bambini dal veder subito soddisfatti i loro capricci, essi piangono con tale inquietezza e rabbia, che parrebbe non fosse possibile altro che negli adulti, e la quale non produce alcuno effetto solo perché mancano loro le forze. Finche non hanno da far altro che piangere per ottenere quello che vogliono, essi dominano da veri padroni; e quando questo dominio cessa, ne sono naturalmente indispettiti. Ed invero, non è per gli stessi adulti una cosa affliggente l'essere costretti a perdere in un istante quel certo dominio, che hanno per lungo tempo esercitato?

25. Nei primi tre mesi circa della loro vita, i bambini non hanno ancora la vista bene sviluppata. Essi ricevono la impressione della luce, ma non possono distinguere un oggetto dall'altro: ne possiamo avere una prova, presentando loro qualcosa splendente; essi non la seguono cogli occhi. Colla vista si dispiega pure la facoltà del riso e del pianto; giunto a questo periodo di vita, il bambino piange con una certa riflessione, sebbene oscura e indistinta. Egli crede sempre che gli si voglia far del male. Il Rousseau nota che se picchiamo sulle mani un bambino di sei mesi, egli piange come se un tizzone ardente fossegli caduto sulle mani stesse, giacché pensa che l'abbiamo voluto offendere. I genitori, per ordinario, parlano troppo di piegare la volontà dei loro teneri figli; ma ciò non sarebbe necessario, se non fossero avvezzati male fin da principio. La prima origine del male sta appunto nel rendersi schiavi della loro volontà, e nel far loro credere che tutto possano ottenere col pianto. E più tardi è sommamente difficile di rimediare a questo male, dato pure che vi si possa rimediare. Possiamo, è vero, ottenere che il bambino si quieti; ma egli consuma entro di sè il dolore e non fa che alimentare la sua collera. Si avvezza per tal modo alla dissimulazione ed alle passioni interne. Per citare un esempio, è cosa molto strana che alcuni genitori, dopo aver picchiato colla bacchetta i loro fanciulli, esigano che questi bacino poi loro le mani: è proprio un volerli avvezzare alla dissimulazione ed alla menzogna. Le nerbate poi non sono un bel dono di cui il fanciullo possa mostrarsi grato; e figuriamoci con che cuore bacerà allora la mano che l'ha percosso!

26. Si adoprano in generale le dande e il carruccio per insegnare a camminare ai bambini. Ma è proprio curioso di voler insegnare a camminare ad un bambino; come se un uomo non potesse camminare senza che gli s'insegni. Le dande specialmente sono dannosissime. Uno scrittore si lamentava della strettezza del petto, attribuendolo alle dande: infatti, siccome il bambino prende e raccatta ogni cosa, appoggia naturalmente il petto alle dande, e questo non essendo ancora sviluppato, s'incassa e rimane così per tutta la vita. Con tutti questi espedienti, il bambino non impara di certo a camminare con sicurezza più di quello che non avrebbe imparato da sè. La miglior cosa è di lasciarlo andar carponi, finché a po' per volta non incominci a camminare; si può in tal caso aver la precauzione di tappezzare la stanza con coperte di lana per evitare contusioni e brutte cadute.

27. Si dice in generale che i bambini cascano con molta forza: ma questo non avviene spesso, e del resto non è poi un male che avvenga qualche volta. Poiché ciò non fa altro che insegnar loro a stare in equilibrio ed a trovare il modo di rendere la caduta meno pericolosa. Si mette in generale ai bambini una sorta di ciambelle di cencio imbottite, per impedire di battere la testa e il viso per terra. Ma questa è una educazione negativa che consiste nell'usare mezzi artificiali, mentre il bambino ha quelli naturali. Nel caso nostro, gli strumenti naturali sono le mani, che il bambino mette avanti quando casca. Quanto più si fa uso di mezzi artificiali, tanto più è difficile che in progresso l'uomo possa farne a meno. Sarebbe meglio usare fin da principio ben pochi strumenti, e lasciare che il bambino impari molte cose da sè; le imparerebbe così in modo incancellabile. Sarebbe, ad esempio, possibilissimo che egli imparasse a scrivere da sè, perché qualcuno deve avere inventato per il primo la scrittura, e questa invenzione non è poi tanto difficile. Basterebbe dire al bambino che vuole il pane: me lo puoi raffigurare? Egli disegnerebbe una figura ovale. Potremmo allora fargli notare, che non si distingue s'egli ha voluto disegnare un pane o una pietra. Così egli si proverà a fare un P, e di seguito formerà da sè stesso il suo A B C, che potrà quindi surrogare con altri segni.

28. Vi sono alcuni bambini che nascono con certe imperfezioni nel corpo: si possono allora correggere queste deformità? Le ricerche dei più dotti scrittori hanno dimostrato, che le fascette di balena non possono recare nessun giovamento, ma non fanno altro che aggravare il male, impedendo la circolazione del sangue e degli umori, e lo sviluppo tanto necessario delle parti interne ed esterne del corpo. Se il bambino resta libero può ancora esercitare le membra; ma un individuo umano che porti il busto di balena, quando arriva a cavarselo è molto più debole di altri che non ne abbia mai portato. Invece faremmo cosa vantaggiosa, a chi è nato deforme, di mettere un peso maggiore da quella parte in cui i muscoli sono più rilevati. Ma anche questo rimedio ha i suoi inconvenienti; poiché, qual è l'uomo che può illudersi di ristabilire l'equilibrio? La miglior cosa è che il fanciullo si eserciti da sè stesso e prenda una posizione per quanto incomoda gli sia, perché tutte le macchine non giovano a nulla.

29. Questi apparecchi artificiali sono tanto più funesti, inquantochè contraddicono direttamente il fine che si propone la natura negli esseri organizzati e ragionevoli, che è quello di lasciar loro piena libertà d'imparare a servirsi delle proprie forze. Tutto quello che può fare l'educazione, è d'impedire che i fanciulli crescano troppo delicati. La fortezza è l'opposto della mollezza; è quindi un pretendere troppo il volere avvezzare a tutto i bambini. In questo eccedono i Russi, presso i quali muore un numero grandissimo di fanciulli. L'abito è un piacere o un'azione convertita in necessità, per la continua ripetizione di questo piacere e di quest'azione. Non vi è cosa a cui più facilmente si abituino i fanciulli quanto alle sostanze eccitanti, come per esempio al tabacco, all'acquavite, alle bevande calde; e quindi preme sommamente di non abituarveli perché resta poi difficilissimo il divezzarli, e cagiona loro una sofferenza perché quel gusto ripetuto altera le funzioni del corpo.

30. Quanto più l'uomo si rende schiavo delle consuetudini, tanto meno è libero e indipendente. Accade all'uomo come agli altri animali; egli conserva sempre una certa inclinazione per i primi abiti: quindi preme sommamente d'impedire che il fanciullo ne contragga qualcuno.

Molti genitori vogliono che i loro figliuoli si avvezzino a tutto. Ma questa è un'opera inutile, perché la natura umana in generale, e quella dei diversi uomini in particolare, non si presta ad ogni cosa, e molti figliuoli rimangono alle semplici regole. Così vogliono, per esempio, che i fanciulli dormano e si alzino a qualunque ora, o che mangino quando loro meglio talenta. Ma per sopportare questo, è necessario un tenore di vita particolare, che fortifichi il corpo e ripari al male che produce questo sistema. Del resto, anche nella natura troviamo molti esempi di periodicità; così gli animali hanno il loro tempo determinato per il sonno. L'uomo pure dovrebbe abituarsi a dormire in certe date ore, per non disturbare il corpo nelle sue funzioni. Quanto al mangiare a tutte le ore, non possiamo citare qui l'esempio degli animali; così, mangiando gli erbivori cose poco nutritive, il mangiare è per loro un'occupazione ordinaria. Ma per l'uomo è molto salutare cibarsi ad ore stabilite.

Alcuni genitori vogliono altresì che i fanciulli possano sopportare freddi intensi, cattivi odori, qualunque romore, ed altre somiglianti cose. Ma ciò non è per nulla necessario; l'importante si è che non contraggano abito alcuno, ed a tal uopo è bene che i fanciulli si trovino in condizioni diverse.

Un letto duro è molto più sano che un letto morbido. In generale un'educazione rigida fortifica il corpo; per educazione rigida intendo semplicemente quella che non ci rende schiavi di tutti i nostri comodi. Non mancano esempi notevoli per confermare questa nostra asserzione, ma disgraziatamente non si osservano, o meglio non si vogliono osservare.

31. In quanto all'educazione dello spirito, che si può in certo modo chiamare fisica, bisogna soprattutto curare che la disciplina non tratti i fanciulli come schiavi, e far si ch'e' sentano sempre la loro libertà, ma in guisa tale da non ledere quella degli altri: ne segue pertanto che conviene abituarli alla resistenza. Parecchi genitori ricusano tutto a' loro figliuoli per esercitare così la loro pazienza, esigendo da questi più che da sè stessi. Ma è una crudeltà. Date al bambino quanto gli abbisogna, e poi ditegli: Tu ne hai abbastanza. Ma è assolutamente necessario che questa sentenza sia irrevocabile. Non fate alcuna attenzione alle grida dei bambini e non credete loro, quando credano di ottenere qualcosa per questa via; ma se lo dimandano con dolcezza, date ai medesimi ciò che loro torna utile. Si avvezzeranno così ad essere sinceri; e, come non importuneranno alcuno colle grida, ciascuno sarà, in compenso, benevolo con essi. La Provvidenza pare veramente abbia dato ai fanciulli un aspetto piacevole per incantare le persone adulte. Nulla v'ha di più funesto per essi che una disciplina ostinata e servile, intesa a piegare la loro volontà.

Per ordinario si grida ai medesimi: Eh via! Non ti vergogni, questa cosa è indecente! e somiglianti espressioni le quali non dovrebbero mai adoperarsi nella prima educazione. Il bambino non ha ancora idea alcuna di vergogna e di convenienza; non ha di che arrossire, non deve arrossire; e diventerà solamente più timido. Si troverà impacciato dinanzi agli altri, e fuggirà volentieri la loro presenza. Quindi nasce in lui una riservatezza male intesa ed una molesta dissimulazione. Non osa più dimandar nulla, mentre dovrebbe poter dimandar tutto; nasconde i proprii sentimenti e si mostra sempre diverso da quello che è, mentre dovrebbe poter dire tutto francamente. Invece di star sempre appo i suoi genitori li evita e si getta nelle braccia dei domestici più compiacenti.

Nè meglio di questa educazione irritante giovano la burla e le continue carezze. Tutto ciò rende tenace il fanciullo nella sua volontà, lo rende finto e, manifestandogli una debolezza. ne' suoi genitori, gli toglie il rispetto dovuto ai medesimi. Ma se viene educato in modo che nulla. possa ottenere con le grida, egli diverrà libero senza essere sfacciato, e modesto senza essere timido. Non si può tollerare un insolente. Certi uomini hanno un aspetto così insolente da far sempre temere qualche villania; ve n'ha degli altri, all'opposto, che al solo vederli si giudica siano incapaci di dire una villania a qualcuno. Possiamo sempre mostrarci aperti e franchi, purché vi si unisca una certa bontà. Si sente dire spesso che i grandi hanno un aspetto veramente regale; ma questo in essi altro non è che un certo sguardo insolente, a cui si abituarono da giovani non avendo trovato alcuna resistenza.

Tutto ciò risguarda solamente l'educazione negativa. Difatti, molte debolezze dell'uomo non provengono da quanto non gli s'insegna, ma da quel tanto che gli comunicano le false impressioni. Così a mo' d'esempio, le nutrici spaventano i bambini, parlando dei ragni, dei rospi, e via dicendo. I bambini potrebbero certamente prendere i ragni, come pigliano le altre cose. Ma siccome le nutrici, veduto un ragno, palesano nella faccia il loro spavento, questo si comunica al bambino con una certa simpatia. Molti lo conservano per tutta la vita e, sotto questo rispetto, rimangono sempre fanciulli. Imperocché i ragni sono certamente dannosi alle mosche, e il loro morso è per esse velenoso, ma l'uomo non ha di che temerne. In quanto al rospo, è questo un animale innocuo al pari di una rana verde o di qualunque altro animale.

32. La parte positiva dell'educazione fisica è la cultura; per questa l'uomo si distingue dal bruto. La cultura consiste principalmente nell'esercizio delle facoltà dello spirito. Quindi i genitori debbono porgerne ai figli occasioni favorevoli. La prima ed essenziale regola è di fare a meno, per quanto è possibile, d'ogni strumento. Bisogna dunque abolire l'uso delle dande e delle girelle, lasciando che il bambino si trascini per terra finché impari a camminare da sè, giacché a questo modo camminerà più sicuramente. Gli strumenti riescono dannosi alla abilità naturale. Così, ci serviamo d'una corda per misurare una certa estensione, ma si può fare ugualmente colla semplice vista; ricorriamo ad un oriolo per determinare il tempo, ma basterebbe guardare la posizione del sole; ci serviamo d'un compasso per conoscere in qual regione è situata una foresta, ma si può anche sapere osservando il sole se di giorno e le stelle se di notte. Aggiungiamo che invece di servirci di una barca per passare nell'acqua, si può nuotare. Il celebre Franklin si maravigliava che l'esercizio del nuoto, così piacevole ed utile, non fosse appreso da ognuno: e ne indicava così il modo facile per apprenderlo. Si lasci cadere un uovo in un fiume dove, stando tu ritto e toccando co' piedi il fondo, la testa almeno ti rimanga fuori dell'acqua. Cerca allora quell'uovo. Nell'abbassarti, fa risalire i piedi in alto, e, perché l'acqua non ti entri in bocca, solleva la testa sulla nuca, ed avrai così la giusta posizione necessaria a nuotare. Allora basta mettere in moto le mani, e si nuota. L'essenziale sta nel coltivare l'abilità naturale. Il più delle volte basta una semplice indicazione; spesso il fanciullo stesso è fecondo d'invenzioni, e si crea da sè gli strumenti.

33. Ciò che bisogna osservare nell'educazione fisica, e però in quella del corpo, si riferisce o all'uso del moto volontario, o all'uso degli organi del senso. Nel primo caso il fanciullo deve sempre aiutarsi da sè: quindi ha bisogno di forza, di abilità, di celerità, di sicurezza. Egli deve, per esempio, poter traversare luoghi stretti, salire su altezze a picco, donde si scorge l'abisso dinanzi a noi, camminare su palchi vacillanti. Se un uomo non può far tutto questo, egli non è veramente quello che potrebbe essere. Da che l'Istituto filantropico di Dessau ne ha dato l'esempio, molti sperimenti di questo genere sono stati fatti coi fanciulli negli altri Istituti. Restiamo assai meravigliati in leggendo come gli Svizzeri sino dall'infanzia si avvezzino a salire sulle montagne e fin dove li spinga la propria agilità, con quanta sicurezza traversino i luoghi più stretti e saltino al di là dei precipizi, dopo aver giudicato con un'occhiata di potervi riuscire senza pericolo. Ma la più parte degli uomini han paura d'una caduta presentata loro dalla immaginazione; e questa paura ne paralizza talmente le membra che per essi ci sarebbe davvero pericolo di saltare oltre. Questa paura cresce ordinariamente coll'età, e si riscontra in specie negli uomini che hanno molte occupazioni mentali.

Simili sperimenti nei fanciulli in realtà non sono i più pericolosi. Per l'età loro, il corpo è meno pesante del nostro, e non cadono tanto gravemente. Di più, non hanno le ossa né così fragili, né così dure come sono quelle degli adulti. I fanciulli sperimentano da sè stessi le loro forze. Ad esempio, li vediamo spesso arrampicarsi senza un fine determinato. La corsa è un moto salutare e che fortifica il corpo. Saltare, alzar pesi, tirare, lanciare, gettar sassi verso una mira, lottare, correre, e tutti gli esercizi di questo genere son loro adattati e utili. La danza regolare non pare convenga ancora ai fanciulli.

Il tiro a segno, vuoi per la distanza, vuoi per colpire il bersaglio, esercita pure i sensi e particolarmente la vista. Il giuoco della palla è uno dei migliori pei fanciulli, perché richiede una corsa salutare. In generale i migliori giuochi sono quelli che, oltre sviluppare l'abilità, sono ancora esercitazioni pei sensi; ad esempio, quelli che esercitano la vista nel giudicare esattamente la distanza, la grandezza e la proporzione, nel trovare la posizione dei luoghi secondo le regioni, il che si può fare coll'aiuto del sole, e via dicendo. Tutti questi esercizi sono utilissimi e convenienti. Assai vantaggiosa è pure la immaginazione locale, ossia l'abilità di rappresentarci tutte le cose nei rispettivi luoghi dove si sono vedute; essa dà, per esempio, la soddisfazione di ritrovarci in una foresta, osservando gli alberi vicino ai quali siamo prima passati. Dicasi lo stesso della memoria locale, onde sappiamo non solamente in qual libro si è letta una cosa, ma altresì in qual parte del libro stesso. Così, il musico ha il tasto in mente, onde non ha più bisogno di cercarlo. È del pari utilissimo di coltivare l'orecchio dei fanciulli, e d'insegnar loro a discernere se una cosa è lontana o vicina ed in qual direzione.

Il giuoco dei fanciulli alla mosca cieca era già noto appo i Greci. In generale, i giuochi dei fanciulli sono pressoché universali. Quelli noti e praticati in Germania ritrovansi anche in Inghilterra, in Francia. ed altrove. Hanno la propria origine da una certa naturale inclinazione dei fanciulli: il giuoco alla mosca cieca, per esempio, nasce in essi dal desiderio di sapere come potrebbero aiutarsi se fossero privi d'un senso. La trottola è un giuoco particolare. Ma queste sorte di giuochi da bambini forniscono agli uomini argomento di riflessioni ulteriori e sono talvolta occasione d'importanti scoperte. Il Segner, per esempio, scrisse una dissertazione sulla trottola, e questa poi fornì ad un capitano di vascello inglese l'occasione d'inventare uno specchio, col quale si può misurare sopra un vascello l'altezza delle stelle.

I fanciulli amano gli strumenti rumorosi, come le piccole trombette, i piccoli tamburi, e cose simili. Ma questi strumenti non hanno alcun valore, perché i bambini stessi li rendono disadatti. Meglio sarebbe che imparassero da sè medesimi a tagliare una canna, dove potrebbero soffiare.

Anche l'altalena è un buon esercizio; può giovare alla salute dei fanciulli e anco delle persone adulte; ma i fanciulli han qui bisogno d'essere invigilati, perchè il moto che vi cercano può essere molto rapido. L'aquilone è un giuoco innocentissimo; serve a coltivare la destrezza del corpo, stantechè il sollevarsi in aria dell'aquilone dipende da una certa posizione riguardo al vento.

Pigliando interesse a questi giuochi, il fanciullo rinunzia ad altri bisogni, e così a grado a grado si avvezza a privarsi di altre cose di maggiore importanza. Di più, egli acquista l'abito a star sempre occupato, ma i suoi giuochi debbono avere anche un fine. Imperocché più il suo corpo si fortifica e s'indurisce in questa guisa, e più e' divien sicuro contro le conseguenze corruttive della mollezza. La ginnastica stessa deve ristringersi a guidar la natura; non deve procurare grazie forzate. Alla disciplina, e non alla istruzione, spetta il primo passo. Educando il corpo dei fanciulli, non va però dimenticato che li formiamo per la società. Il Rousseau dice: « Non arriverete mai a formare uomini savi, se prima non fate dei monelli.» Ma da un fanciullo svegliato si caverà piuttosto un uomo dabbene, che da un impertinente un cameriere discreto. Il fanciullo non ha da essere importuno in società, ma non deve mostrarsi neppure insinuante. Verso quanti lo chiamano a sè, deve mostrarsi famigliare, senza importunità; franco, senza impertinenza. Per ottenere questo da lui, bisogna non guastarlo in niente, non ispirargli idee di decoro, che varranno solo a renderlo timido e selvaggio, o che d'altra parte gli suggeriranno il desiderio di farsi valere. In un fanciullo niente v'ha di più ridicolo che una prudenza senile, od una sciocca presunzione.

Nel secondo caso è nostro dovere di far maggiormente sentire al fanciullo i suoi difetti, ma procurando insieme di non fargli troppo sentire la nostra superiorità ed autorità, perché egli si formi da sè stesso, come un uomo che dee vivere in società; perocchè se il mondo è abbastanza grande per lui, dev'essere non meno grande anche per gli altri.

Toby, nel Tristram Sandy, dice a una mosca che l'aveva molestato per lungo tempo e che lascia scappare dalla finestra: «Va', cattivo animale, il mondo è abbastanza grande per me e per te!» Ciascuno potrebbe pigliare questo detto per divisa. Non dobbiamo renderci importuni gli uni agli altri; il mondo è abbastanza grande per tutti.

34. Siamo così arrivati alla cultura dell'anima, che in certa maniera può dirsi anche fisica. Si deve ben distinguere la Natura dalla Libertà. Altra cosa è dar leggi alla libertà, ed altra coltivar la natura. La natura del corpo e quella dell'anima si accordano in questo: coltivandole devesi cercare d'impedir loro che si guastino, e l'arte aggiunge ancora qualcosa alla natura del corpo ed a quella dell'anima. Si può dunque, in un certo senso, dimandar fisica la cultura dell'anima quanto quella del corpo.

Ma questa cultura fisica dell'anima si distingue dalla cultura morale, poichè l'una si riferisce alla Natura, l'altra alla Libertà. Un uomo può essere coltissimo fisicamente; può avere ornatissimo lo spirito, ma esser privo di cultura morale, ed essere un cattivo uomo.

Bisogna distinguere la cultura fisica dalla cultura pratica, che è prammatica o morale. Quest'ultima si propone di render l'uomo più morale che colto.

Divideremo la cultura fisica dello spirito in cultura libera e in scolastica. La cultura libera si riduce, sto per dire, ad uno svago; mentre la cultura scolastica è cosa seria. La prima è quella che ha luogo naturalmente nell'allievo; nella seconda, egli può essere considerato come soggetto ad un obbligo. Anche nel giuoco possiamo essere occupati, il che si chiama occupare i nostri ozi; ma possiamo essere obbligati ad occuparci, e questo dicesi lavorare. La cultura scolastica sarà dunque un lavoro pel fanciullo, e la cultura libera uno svago.

35. Sono stati proposti vari sistemi di educazione per cercare, cosa davvero lodevolissima, il miglior metodo educativo. Si è pensato, fra gli altri, di lasciare che i fanciulli apprendano tutto come un divertimento. Il Lichtenberg, in una puntata del Magazzino di Gottinga, deride l'opinione di quanti vogliono che si tenti di lasciar fare ogni cosa ai fanciulli come un divertimento, mentre dovrebbero essere abituati per tempo a serie occupazioni, dovendo essi entrare un giorno nella vita seria del mondo. Quel metodo produce un effetto detestabile. Il fanciullo deve giuocare, aver le sue ore di ricreazione, ma deve anche apprendere a lavorare. È bene certamente di esercitare la sua abilità e di coltivare il suo spirito; ma a queste due sorte di cultura vogliono esser dedicate ore diverse. La tendenza alla infingardaggine costituisce per l'uomo una grande infelicità; e più egli si abbandona a questa tendenza, più gli torna poi difficile di mettersi al lavoro.

Nel lavoro l'occupazione non è piacevole per sè stessa, ma s'intraprende per un altro fine. L'occupazione nello svago è piacevole in sè, nè quindi fa mestieri di proporsi alcun fine. Se vogliamo passeggiare, la passeggiata stessa è fine; e quindi più lunga è la strada fatta, più ci torna piacevole. Ma se ci occorre andare in qualche luogo, fine del nostro cammino è la società che si trova in quel luogo, od un'altra cosa; e allora scegliamo volentieri la strada più corta. Dicasi il somigliante del giuoco delle carte. È cosa proprio singolare vedere come uomini ragionevoli rimangano seduti per ore intere ed occupati a scozzar carte. Il che dimostra che gli uomini non cessano cosi facilmente d'esser fanciulli. Ed invero, in che questo giuoco è superiore al giuoco della palla dei fanciulli? Vero è che le persone adulte non vanno a cavallo sopra un bastone, ma hanno altri cavalli da bambini.

Avvezzare i fanciulli a lavorare è di somma importanza. L'uomo è il solo animale dedito al lavoro. Prima di arrivare a goder le cose necessarie alla sua vita, l'uomo dee fare molti lavori diretti a quel fine. La questione, se il cielo non sarebbesi mostrato assai più benigno verso di noi, offrendoci ogni cosa bella e preparata, onde non avremmo avuto più bisogno di lavorare, deve essere certamente risoluta in modo negativo; imperocchè l'uomo ha bisogno di occupazioni, anco di quelle che suppongono un certo costringimento. È parimente falso l'immaginare che se Adamo ed Eva fossero rimasti nel paradiso terrestre, non avrebbero fatto altro che star seduti insieme, cantare canzoni pastorali e contemplar la bellezza della natura. L'ozio li avrebbe tormentati, come tormenta gli altri uomini.

L'uomo dev'essere occupato in modo che, tutto compreso del fine a cui mira, non senta più sè stesso, e che il miglior riposo per lui sia quello che succede al lavoro. Vuolsi pertanto avvezzare il fanciullo a lavorare. E dove la tendenza al lavoro può esser meglio coltivata che nella scuola? La scuola è una cultura obbligatoria. Si renderebbe al fanciullo un cattivo servigio se l'avvezzassimo a considerar tutto come uno svago. Egli deve certamente avere i suoi momenti di ricreazione, ma anco le sue ore di lavoro. Se non comprende subito l'utilità di quest'obbligo, la comprenderà più tardi. Voler sempre rispondere alle dimande dei fanciulli: Perchè ciò? A qual fine? sarebbe lo stesso, in generale, che procurar loro abiti di curiosità indiscreta. L'educazione dov'essere obbligatoria; il che per altro non vuol dire che i fanciulli si abbiano a trattare come schiavi.

36. In quanto alla libera cultura delle facoltà dello spirito, vuolsi notare ch'ella progredisce di continuo. Essa deve particolarmente esser rivolta alle facoltà superiori. Si coltiverà ad un tempo le inferiori, ma solo in ordine alle superiori, lo spirito (Witz), a mo' d'esempio, in ordine alla intelligenza. Regola principale si è questa: non coltivare separatamente alcuna facoltà per sè stessa, ma coltivare ciascuna di esse in ordine alle altre, come la immaginazione a profitto della intelligenza.

Le facoltà inferiori non hanno per sè stesse alcun valore. A che giova, per esempio, che un uomo abbia molta memoria, ma poco discernimento? Egli non è che un dizionario vivente. Questa specie di asini del Parnaso sono, d'altra parte, assai utili; imperocché, se non possono da sè stessi produrre niente di ragionevole, almeno recano de' materiali onde altri può far qualcosa di buono. Lo spirito non fa che sciocchezze, quando non sia accompagnato dal giudizio. L'intelletto è destinato a conoscere il generale. Il giudizio applica il generale al particolare. La ragione è la facoltà di scorgere il nesso tra il generale e il particolare. Questa libera cultura prosegue il suo corso dall'infanzia dell'uomo fino a che cessa per lui ogni educazione. Per esempio, quando un giovane parla d'una regola generale, gli si può far citare dei casi tratti dalla Storia o dalla favola dove quella è nascosta, squarci di poeti dove si trova espressa, e così fornirgli occasione d'esercitare il suo ingegno, la sua memoria, e va dicendo.

La massima tantum scimus quantum memoria tenemus (tanto sappiamo quanto riteniamo a memoria) ha certo la sua verità, e quindi la cultura della memoria è necessarissima. Le cose han natura siffatta che l'intelletto segue prima le impressioni sensibili e la memoria deve conservarle. Lo stesso avviene, per esempio, nelle Lingue. Possiamo impararle con un metodo formale, cioè mediante la memoria, o praticamente nel conversare, e questo secondo metodo è da preferirsi nelle Lingue viventi. Per fermo lo studio dei vocaboli è necessario, ma i fanciulli assai meglio li imparano quando li ritrovano nell'autore che hanno sotto gli occhi. Bisogna che la gioventù abbia uno scopo fisso e determinato. Specialmente la Geografia s'insegna con un certo meccanismo. La memoria ha una certa predilezione per questo meccanismo, che in molti casi torna utilissimo. Finora non si è trovato alcun meccanismo proprio a facilitare lo studio della Storia; si è tentato l'uso di certi specchi e cataloghi, ma non pare abbia dato buoni risultamenti. La Storia è un mezzo eccellente per esercitare l'intelletto a ben giudicare. La memoria è molto necessaria, ma non conviene farne un puro esercizio pei fanciulli, tal sarebbe quello di far loro imparare a mente i discorsi. Il che serve a renderli più arditi; mentre la declamazione si conviene solo agli uomini. Va detto lo stesso di tutte quelle cose che s'imparano per sostenere un futuro esame, o per dimenticarle in progresso (in futuram oblivionem). La memoria va occupata in cognizioni che ci preme di conservare e che hanno attinenza colla vita reale. Funestissima pei fanciulli è la lettura dei romanzi, perché riesce soltanto a divertirli fino a che li leggono: essa indebolisce la memoria. Sarebbe infatti ridicolo di volerli tenere a mente e raccontarli agli altri. Bisogna dunque ritirare tutti i romanzi dalle mani dei fanciulli. Leggendoli, nel romanzo e' fanno a sè stessi un nuovo romanzo, poiché ne ordinano altrimenti le circostanze e, lasciando cosi vagare la loro fantasia, si nutrono di chimere.

Le distrazioni non devono esser mai tollerate, almeno nella scuola, perché finiscono per degenerare in una certa tendenza, in un certo abito. Anche le più belle doti dell'ingegno si perdono in un uomo soggetto alla distrazione. Quantunque i fanciulli si distraggano nelle ricreazioni loro, non tardano a raccogliersi di nuovo; ma vediamo che sono maggiormente distratti quando e' meditano qualche cattivo tiro, giacché pensano come potranno nasconderlo o come rimediarvi. Allora essi non intendono le cose che a metà, rispondono in senso contrario, non sanno quello che leggono, e somiglianti.

La memoria devesi coltivare per tempo, procurando bensì di coltivare insieme anche la intelligenza.

Si coltiva la memoria: 1° facendole ritenere i nomi che trovansi nelle narrazioni; 2° mercè la lettura e la scrittura, esercitando i fanciulli a leggere attentamente e senza. bisogno di compitare; 3° con lo studio delle Lingue, che i fanciulli debbono capire avanti di passare a leggerne qualcosa. Il così detto Mondo figurato (orbis pictus) , quando sia descritto convenientemente, rende i più grandi servigî, e possiamo incominciarlo dalla Botanica, dalla Mineralogia e dalla Fisica generale. Per descriverne gli obbietti, fa mestieri d'imparare a disegnare e a modellare, e quindi vi abbisognano le Matematiche. Le prime cognizioni scientifiche devono specialmente avere per obbietto la Geografia così matematica come fisica. I racconti di viaggi, spiegati per via d'incisioni e di carte, condurranno poi alla Geografia politica. Dallo stato presente della superficie della terra si risalirà al suo stato primitivo, e si arriverà alla Geografia antica, alla Storia antica, e via dicendo.

Nell'istruzione del fanciullo bisogna cercare di unire a grado a grado il sapere e il potere. Fra tutte le scienze la Matematica pare sia la più adatta a far conseguire questo fine. Inoltre, bisogna unire la scienza e la parola (la facilità del dire, l'eleganza, l'eloquenza). Ma occorre altresì che il fanciullo impari a distinguere perfettamente la scienza dalla semplice opinione e dalla credenza. A questo modo si formerà in lui una mente retta, e un gusto giusto se non fine o delicato. Il gusto da coltivarsi sarà prima quello dei sensi, degli occhi specialmente, e infine quello delle idee.

Vi debbono essere norme per tutto ciò che può coltivare l'intelletto. È anche utilissimo di astrarle, affinché l'intelletto non proceda in modo puramente meccanico, ma abbia coscienza della regola che segue.

Riesce ancora di grande utilità l'esprimere le norme con una certa formula e tramandarle così alla memoria. Se abbiamo in mente la regola e ne dimentichiamo l'uso, non si pena molto a ritrovarla. E qui si domanda: Conviene principiare dallo studio delle regole astratte, e le si devono apprendere dopo averne fatto uso, oppure conviene far procedere di pari passo le regole e il loro rispettivo uso? Quest'ultimo è il solo partito conveniente: nell'altro caso l'uso rimane incertissimo finché non siamo arrivati alle regole. Occorre altresì, ove si presenti l'occasione, ordinare per classi le regole; è necessario che siano unite fra loro. Dunque, sotto questo rispetto, la Grammatica precederà sempre lo studio delle Lingue.

37. Dobbiamo dare ancora un'idea sistematica del fine intiero dell'educazione e del modo in che conseguirlo.

1° Cultura generale delle facoltà dello spirito, diversa dalla cultura particolare. Quella ha per fine l'abilità e il perfezionamento; non insegna alcun che di particolare all'alunno, ma fortifica le potenze dello spirito. Essa è fisica o morale.

a) Nella cultura fisica tutto dipende dalla pratica e dalla disciplina, e il fanciullo non ha bisogno di conoscere alcuna massima. È cultura passiva pel discepolo, che deve seguire l'altrui direzione. Altri pensano per lui.

b) La cultura morale si fonda sulle massime, e non sulla disciplina. Tutto è perduto quando la si voglia fondare sull'esempio, sulle minacce, sulla punizione, e via dicendo. Sarebbe allora una pura disciplina. Bisogna fare in modo che l'allievo operi bene secondo le proprie sue massime e non per mero abito, e che non faccia solamente il bene, ma che lo faccia perché è bene in sè. Imperocché tutto il valore morale delle azioni risiede nelle massime del bene. Tra l'educazione fisica e l'educazione morale corre questo divario: la prima è passiva per l'allievo, mentre la seconda è attiva. Fa duopo ch'egli veda sempre il principio fondamentale dell'azione e il vincolo che la rannoda all'idea del dovere.

2° Cultura particolare delle facoltà dello spirito. Questa cultura risguarda l'intelligenza, i sensi, la immaginazione, la memoria, l'attenzione e lo spirito (Witz) come qualità peculiare. Abbiamo già parlato della cultura dei sensi, per esempio della vista. In quanto alla immaginazione, devesi notare una cosa ed è, che i fanciulli son dotati di una immaginazione potentissima, e però questa non ha bisogno d'essere sviluppata ed estesa con favole e novelle. Piuttosto dev'essere frenata e sottoposta a regole, senza lasciarla però disoccupata del tutto.

Le carte geografiche sono una grande attrattiva per tutti i fanciulli, anche pei bambini: Benché stanchi d'ogni altro studio, essi imparano ancora qualcosa per mezzo delle carte. Questa pei fanciulli è una distrazione conveniente, dove la immaginazione, senza divagar troppo, trova da fermarsi su certe figure. Onde si potrebbe far loro incominciare gli studi dalla Geografia, cui sarebbero unite figure di animali, di piante, eccetera, destinate a vivificare la Geografia stessa. La Storia dovrebbe venire più tardi.

Riguardo all'attenzione, vuolsi notare ch'essa ha bisogno d'essere fortificata in generale. Unire fortemente i nostri pensieri ad un oggetto non è una prerogativa ma una debolezza del nostro senso interiore, il quale si mostra indocile in questo caso e non si lascia applicare dove noi vogliamo. Nemica d'ogni educazione si è appunto la distrazione. La memoria suppone l'attenzione.

38. Ora passiamo alla cultura delle facoltà superiori dello spirito, che sono l'intelletto, il giudizio e la ragione. Si può cominciare dal formare in qualche modo passivamente l'intelletto, chiedendogli esempj che si applichino alla regola, o al contrario la regola che si applichi agli esempj particolari. Il giudizio mostra l'uso che dee farsi dell'intelletto. È necessario di capir bene quello che s'impara o si dice, e di non ripetere alcuna cosa senza averla già compresa. Quanti leggono ed ascoltano certe cose che poi ammettono senza capirle! E qui fa mestieri di ricordare la differenze tra la immagini e le cose stesse.

La ragione ci fa conoscere i principî. Ma bisogna por mente che qui si tratta d'una ragione non ancora diretta o educata. Essa pertanto non deve sempre voler ragionare, ma badare di non ragionar troppo su quanto è superiore alle nostre idee. Qui non si parla ancora della ragione speculativa, ma della riflessione su ciò che avviene secondo la legge degli effetti e delle cause. V'ha una ragione pratica sottoposta al suo impero ed alla sua direzione.

Il miglior modo di coltivare le facoltà dello spirito consiste nel far da sè tutto quello che si vuol fare; per esempio, mettere in pratica la regola grammaticale che abbiamo imparata. Si capisce segnatamente una carta geografica, quando possiamo eseguirla da noi. Il miglior mezzo di comprendere è quello di fare. Quello che s'impara e si ritiene più stabilmente e meglio è appunto ciò che s'impara in qualche maniera da noi stessi. Ma pochi sono gli uomini che siano in grado di far da maestri a sè medesimi. Questi chiamansi grecamente autodidascali.

Nella cultura della ragione bisogna praticare il metodo di Socrate. Costui, infatti, che chiamava sè stesso l'ostetricante della intelligenza de' suoi uditori, ne' suoi dialoghi, conservatici in qualche maniera da Platone, ci dà esempi del come si può guidare anco le persone d'età matura a tirar fuori certe idee dalla loro propria ragione. Su molti punti non è necessario che i fanciulli esercitino la mente loro. Non devono ragionare su tutto. Non hanno bisogno di conoscere le ragioni di quanto può conferire alla loro educazione; ma quando si tratta del dovere, necessita farne loro conoscere i principi. Tuttavia si deve generalmente fare in modo che cavino da loro stessi le cognizioni razionali, piuttosto che introdurvele. Il metodo socratico dovrebbe servir di norma al metodo catechetico. Esso è certamente un po' lungo; e torna difficile condurlo in maniera tale da fare imparare agli altri qualcosa, mentre si cavano le cognizioni dalla mente d'uno. Il metodo meccanicamente catechetico giova pure in molte scienze, come nell'insegnamento della religione rivelata. Nella religione universale, al contrario, devesi praticare il metodo socratico. Ma per tutto ciò che dev'essere insegnato storicamente, si raccomanda il metodo meccanicamente catechetico.

39. Dobbiamo qui trattare anche la cultura del sentimento del piacere o del castigo. Dev'essere negativa; il sentimento non dev'essere effeminato. La inclinazione alla effeminatezza è per l'uomo il più funesto di tutti i mali della vita. Dunque preme sommamente d'avvezzare per tempo i giovani al lavoro. Quando non sono già effeminati, amano in realtà i divertimenti misti di fatica e le occupazioni che richiedono un certo uso di forze. Non dobbiamo renderli incontentabili nei loro piaceri e lasciarne loro la scelta. Qui le madri guastano per ordinario i loro figli e li rendono troppo delicati. E tuttavia si osserva che i figli, specie i giovinetti, amano più il loro padre che la madre; forse perché la madre non permette loro di saltare, di correre da un punto all'altro, per timore che non accada loro qualcosa di sinistro. Il padre, invece, che li sgrida, che li picchia quando non sieno stati buoni, li conduce talvolta in campagna, e quivi li lascia correre, giuocare e divertirsi a loro posta, conforme alla loro età.

Si crede di esercitare la pazienza de' giovinetti facendo loro attendere una cosa per lungo tempo. Il che non dovrebbe essere punto necessario. Ma essi han bisogno di pazienza nelle malattie e in altre contingenze della vita. Di due sorta è la pazienza: consiste o nel rinunziare ad ogni speranza, o nel prendere nuovo coraggio. La prima non è necessaria, quando si desideri unicamente il possibile; e si può aver sempre la seconda, quando non altro si desideri che il giusto. Ma tanto funesto è il perdere la speranza nelle malattie, quanto è favorevole il coraggio al ristabilirsi della salute. Chi è capace di mostrarne ancora nel suo stato fisico o morale, non rinuncia alla speranza.

Non bisogna render più timidi i fanciulli. Questo accade principalmente quando ci rivolgiamo ad essi con parole ingiuriose e quando si umiliano spesso. Conviene pertanto biasimare quelle parole che molti genitori indirizzano ai loro figli: Eh, non ti vergogni! Non vedesi di che i fanciulli potrebbero vergognarsi quando, per esempio, mettono in bocca il loro dito. Si può dir loro che ciò non sta bene, questo non essendo l'uso: ma dobbiamo dir loro che si vergognino solamente quando mentiscono. La natura ha dato all'uomo il rossore della vergogna, perché si palesi quand'egli mentisce. Se dunque i genitori parlassero di vergogna ai loro figli solamente quando mentiscono, essi conserverebbero fino alla morte questo rossore per la menzogna. Ma se li facciamo arrossire di continuo, si darà loro una timidezza che non li abbandonerà più.

Come abbiamo detto qua sopra, non devesi piegare la volontà dei fanciulli, ma dirigerla per modo che ella sappia cedere agli ostacoli naturali. Sulle prime il fanciullo deve obbedire ciecamente. Non è conforme a natura ch'egli comandi con le sue grida, e che il forte obbedisca al debole. Dunque non va mai ceduto alle grida dei fanciulli e dei bambini stessi, perché ottengano così ciò che vogliono. Qui i genitori per lo più s'ingannano, e credono di poter rimediare al male più tardi ricusando ai loro figli quanto dimandano. Ma è assurdo il negar loro senza ragione quello che essi attendono dalla bontà dei genitori, coll'unico intento di far loro sentire che sono più deboli.

Guasta i fanciulli chi lascia far loro quello che vogliono, e li educa malissimo chi va sempre contro la loro volontà ed i loro desiderii. Il che avviene ordinariamente sino a che i figli sono un trastullo pei genitori, segnatamente nel periodo in cui cominciano a parlare. Ma questa indulgenza reca loro un gran danno per tutta la vita. L'opposizione ai voleri loro certamente impedisce ch'essi manifestino il proprio cattivo umore; ma ciò non fa che renderli più adirosi. Non hanno ancora imparato a conoscere come debbono governarsi. Impertanto la regola da praticarsi coi bambini è questa: andare a soccorrerli quando gridano e si teme che non accada loro qualche male, ma lasciarli gridare quando lo fanno per cattivo umore. E una somigliante condotta bisogna costantemente tenere più tardi. La resistenza che in questo caso trova il bambino è affatto naturale e propriamente negativa, poiché rifiuta semplicemente di cedere a lui. Molti figliuoli, invece, ottengono dai loro genitori quello che desiderano, mercé le preghiere. Ove si lasci ottenere loro ogni cosa con le grida, essi divengono cattivi; ma se ottengono tutto con le preghiere, diventano dolci. Bisogna dunque cedere alla preghiera del fanciullo, salvo che non ci sia qualche potente ragione in contrario. Ma quando ci siano queste ragioni per non cedere, non bisogna lasciarsi più commuovere da molte preghiere. Ogni rifiuto dev'essere irrevocabile. Ecco un mezzo certo per non ripetere così di frequente il rifiuto.

Supponete che vi sia nel fanciullo (cosa da potersi ammettere assai di rado) una tendenza naturale alla indocilità: il miglior partito si è, quando egli non faccia niente per rendersi a noi piacevole, di non far niente per lui. Piegando la sua volontà, gl'ispiriamo sentimenti servili; la resistenza naturale, al contrario, genera la docilità.

40. La cultura morale vuolsi fondare su certe massime, non sulla disciplina. Questa impedisce i difetti; quelle formano la maniera di pensare. Bisogna fare in modo che il fanciullo si avvezzi ad operare secondo le massime, e non secondo certi motivi. La disciplina non genera altro che gli abiti, i quali svaniscono con gli anni. Necessita che il fanciullo impari ad operare secondo certe massime, di cui veda egli stesso la convenienza. Non occorre dimostrare come sia difficile di ottenere questo dai bambini, e come la cultura morale richieda molte cognizioni da parte dei genitori e dei maestri.

Quando un fanciullo mentisce, per esempio, non si deve punire, ma. si deve trattare con disprezzo, dirgli che in avvenire non gli crederemo più, e somiglianti. Ma se lo castighiamo quando fa male, e lo ricompensiamo quando fa bene, egli allora fa il bene per essere ben trattato; e quando più tardi entrerà nel mondo dove le cose procedono altrimenti, dove cioè egli può fare il bene ed il male senza riceverne ricompensa o castigo, non penserà che ai mezzi per conseguire il suo fine, e sarà buono o cattivo secondo l'utile proprio.

Le massime della. condotta umana vanno desunte dall'uomo stesso. Devesi cercare per tempo d'inculcare ai fanciulli, mediante la cultura morale, l'idea di ciò che è bene o male. Se vogliamo fondare la moralità, non bisogna punire. La moralità è qualcosa di così santo e sublime che non si deve abbassare a questo punto, nè metterla al pari colla disciplina. I primi sforzi della cultura morale devono tendere a formare il carattere, il quale consiste nell'abito d'operare secondo certe massime. Queste dapprima sono le massime della scuola e poi quelle dell'umanità. Sul principio il fanciullo obbedisce a certe leggi. Anche le massime sono leggi, ma personali o soggettive, perché derivano dall'intelligenza stessa dell'uomo. Niuna trasgressione alla legge della scuola deve restare impunita, ma la pena vuol essere sempre proporzionata alla colpa.

Quando si vuol formare il carattere dei fanciulli preme assai di mostrar loro in tutte le cose un certo disegno, certe leggi, che essi ponno seguire fedelmente. Quindi, a mo' d'esempio, si stabilisce loro un tempo per dormire, per lavorare, per ricrearsi; questo tempo, stabilito che sia, non devesi più né allungare né abbreviare. Nelle cose indifferenti si può lasciare l'elezione ai fanciulli, a patto bensì che poi osservino sempre la legge che han fatto a sè stessi. Non bisogna tentare, per altro, di dare a un fanciullo il carattere di un cittadino, ma quello di un fanciullo.

Gli uomini che non si sono proposti certe regole non potrebbero inspirare molta fiducia; spesso ci accade di non poterli comprendere, né mai sappiamo da qual verso conviene pigliarli. Vero è che non di rado si biasima la gente che opera sempre secondo certe regole, come un tale che ha sempre un'ora ed un tempo stabilito per ogni azione; ma sovente questo biasimo è ingiusto, e quella regolarità è una favorevole disposizione al carattere, benché sembri una tortura.

Elemento essenziale del carattere d'un fanciullo, e segnatamente d'uno scolare, è soprattutto l'obbedienza. Questa è di due sorte: prima, un'obbedienza alla volontà assoluta di chi dirige; seconda, un'obbedienza ad una volontà risguardata come ragionevole e buona. L'obbedienza può venire dal costringimento, dall'autorità, e allora è assoluta; o dalla fiducia, e in questo caso è volontaria. Importantissima è la seconda; ma anche la prima è assolutamente necessaria, perché questa prepara il fanciullo al rispetto delle leggi che dovrà più tardi osservare come cittadino, quand'anche non gli andassero a genio.

Si deve dunque sottoporre i fanciulli ad una certa legge di necessità. Ma questa legge dev'essere universale, e bisogna averla sempre dinanzi alla mente nelle scuole. Il maestro non deve mostrare alcuna predilezione, alcuna preferenza per uno scolare tra molti: chè diversamente la legge cesserebbe d'essere universale. Quando il fanciullo vede che tutti gli altri non sono sottoposti alla medesima legge come lui, diviene ostinato.

Si dice sempre che ogni cosa va presentata in modo tale ai fanciulli che la facciano per inclinazione. Il che in molti casi è certamente bene, ma parecchie cose vogliono esser loro prescritte come doveri. E ciò in progresso tornerà loro utilissimo per tutta la vita. Imperocché nei servizii pubblici, nelle funzioni unite alle cariche, ed in molti altri casi il dovere solo può guidarci e non la inclinazione. Ove supponessimo che il fanciullo non comprendesse il dovere, sarebbe sempre meglio di fornirgliene l'idea; e d'altra parte egli sa che ha doveri come fanciullo, quantunque veda più difficilmente d'averne come uomo. Se comprendesse ancor questo, il che solo con gli anni è possibile, l'obbedienza sarebbe ancor più perfetta.

Ogni violazione d'un ordine pel fanciullo è un mancare di obbedienza, che porta seco una punizione. Ma non è inutile di punire anche una semplice negligenza. La pena è fisica o morale.

La pena è morale quando si attutisce la nostra inclinazione ad essere onorati ed amati, due aiuti della moralità, come quando si umilia, o si accoglie freddamente il fanciullo. Tale inclinazione dev'essere, finché si può, conservata. Ora questa sorta di pena è la migliore, perché aiuta la moralità; per esempio, se un fanciullo mentisce, castigo sufficiente ed il migliore per lui è un'occhiata di disprezzo.

La pena fisica consiste o nel ricusare al fanciullo ciò che desidera, o nell'infliggergli una certa punizione. La prima sorta di pena si avvicina a quella morale, ed è negativa. Le altre pene vanno adoperate con precauzione, affinché non generino disposizioni servili (indoles servilis). Non conviene dar ricompense ai fanciulli, perché ciò li rende interessati e genera in essi disposizioni mercenarie (indoles mercenaria).

Inoltre, l'obbedienza risguarda ora il fanciullo, ora il giovinetto. Il mancare d'obbedienza deve sempre avere la sua pena. Questa punizione, che si merita l'uomo per la sua condotta, o è affatto naturale, come sarebbe la malattia che si procura il fanciullo quando mangia troppo; e questa specie di pena è la migliore, perché l'uomo la subisce non solamente nella infanzia, ma per tutta la vita. O la pena è artificiale. Il bisogno di essere stimati ed amati è un espediente sicuro per rendere i castighi durabili. Le pene fisiche vanno adoperate solo come rimedio alla insufficienza delle pene morali. Quando il castigo morale non ha più efficacia e si ricorre alla pena fisica, bisogna rinunziare per sempre a formare con questo mezzo un buon carattere. Ma sulle prime la pena fisica serve a riparare la mancanza di riflessione nel fanciullo.

Non approdano i castighi inflitti con segni manifesti di collera. Allora i fanciulli ci vedono solamente gli effetti della passione altrui, e considerano sè stessi come vittime di questa passione. In generale, bisogna fare in modo che i fanciulli stessi vedano come il fine vero e ultimo delle pene inflitte sia il loro miglioramento. È assurdo pretendere che il fanciullo da voi punito vi renda grazie, vi baci le mani, e via dicendo; sarebbe un volerne fare uno schiavo. Quando le pene fisiche sono di frequente ripetute, formano caratteri ostinati e intrattabili, e quando i genitori puniscono i figliuoli per l'egoismo loro, non fanno altro che renderli ancora più egoisti. Non sono sempre i più cattivi quegli uomini che si dicono intrattabili, ma questi spesso arrendonsi facilmente con le buone maniere.

L'obbedienza del giovinetto è diversa da quella del fanciullo, e sta nel sottomettersi alle regole del dovere. Fare una cosa per dovere equivale ad obbedire la ragione. Parlar di dovere ai fanciulli è fiato sprecato; essi alla fin fine concepiscono il dovere come una cosa da farsi sotto pena di essere frustati. Unicamente dai suoi istinti potrebbe esser guidato il fanciullo; ma, quando cresce, gli necessita l'idea del dovere. Parimente, non devesi cercare di mettere innanzi ai fanciulli il sentimento della vergogna, ma riserbarlo alla età giovanile. Difatti non può aversi tal sentimento se prima non siasi radicata la nozione dell'onore.

Una seconda dote, a cui bisogna soprattutto mirare nella formazione del carattere del fanciullo, è la veracità. Questo infatti è il tratto principale e l'attributo essenziale del carattere. Un uomo che mentisce non ha carattere, e se v'ha in lui qualcosa di buono lo deve al suo temperamento. Molti fanciulli hanno una disposizione alla menzogna, che spesso deriva unicamente da una tal quale vivacità d'immaginazione. È dovere dei padri segnatamente di badare che i figli non contraggano questo abito, poiché le madri non vi annettono per ordinario che niuna o poca importanza; se pure esse non vi trovino una prova lusinghiera delle attitudini e delle capacità superiori dei loro figli. Qui torna opportuno di ricorrere al sentimento della vergogna, poiché il fanciullo in questo caso lo comprende benissimo. In noi si manifesta il rossore della vergogna quando mentiamo, ma questa non è sempre una prova di aver mentito o di mentire. Sovente arrossiamo della impudenza onde altri ci accusa d'una colpa. Non devesi cercare a verun costo di trar di bocca ai fanciulli la verità per via di punizioni, avesse pure a cagionare qualche danno la loro menzogna: e' saranno allora puniti per questo danno. La sola pena che ai mendaci convenga è la perdita della stima.

Possiamo dividere le pene ancora in negative e in positive. Le negative si applicherebbero alla infingardia, o alla mancanza di moralità o almeno di gentilezza, come la menzogna, il difetto di cortesia, la insocialità. Le pene positive sono riservate alla malvagità. Preme sommamente di non tener rancore verso i fanciulli.

Una terza dote del carattere del fanciullo è la socialità. Egli deve pur conservare con gli altri relazioni di amicizia, e non vivere sempre e tutto per sè. Parecchi maestri, è vero, sono contrari a questa idea: ma è ingiustissimo. I fanciulli debbono così prepararsi al più dolce di tutti i piaceri della vita. Dal canto loro, i maestri non hanno da preferire alcuno di essi per le sue doti intellettuali, ma pel carattere; diversamente ne risulterebbe una gelosia contraria all'amicizia.

I fanciulli debbono essere anche ingenui, aperti, e nello sguardo sereni come il sole. Un animo contento è solo capace di trovar piacere nel bene. Ogni religione che renda cupo l'uomo è falsa, poichè egli deve servire Dio con piacere e non per forza. Non bisogna sempre comprimere l'allegria sotto la dura soggezione della scuola, ché allora sarebbe presto annientata: la libertà la conserva. Di qui la utilità di certi giuochi, dove il cuore si manifesta e si allarga, e dove il fanciullo si studia di superare i compagni. L'anima ritorna allora serena. Molte persone risguardano il tempo della loro gioventù come il più felice e piacevole della vita. Ma in realtà non è così. Gli anni giovanili sono i più penosi, perché allora siamo sotto il giogo, di rado possiamo avere un amico vero e più di rado ancora godere la libertà. Orazio aveva già detto:

Multa tulit fecitque puer sudavit et alsit.

41. I fanciulli hanno da essere istruiti solo in quelle cose che si addicono all'età loro. Molti genitori si rallegrano tutti vedendo i loro figli parlare col senno proprio de' vecchi. Ma da figliuoli di questa sorta per lo più non si ricava niente. Un fanciullo non può avere che la prudenza di fanciullo: e' non dev'essere un cieco imitatore. Ora, un fanciullo che vi pone davanti le massime del senno proprio degli uomini, va fuori della via tracciata alla sua età, e non fa che imitare servilmente. Egli dee avere solamente l'intelligenza d'un fanciullo, e non deve mettersi in evidenza così presto. Un fanciullo cosiffatto non diventerà mai un uomo illustre e d'una mente serena. Non si può egualmente tollerare un fanciullo che voglia già eseguire tutte le mode, per esempio, farsi radere, portare anelli ed anche una tabacchiera. E' diviene così un individuo affettato, che non rassomiglia punto ad un fanciullo. Una vera società civile per lui è un peso, e finisce per mancargli del tutto il vero coraggio dell'uomo. Bisogna dunque combattere per tempo la sua vanità, o, meglio ancora, non fornirgli occasione di diventar vano. Il che appunto avviene quando non facciamo che ripetere ai fanciulli che sono belli, che questa o quella acconciatura di capelli torna loro a meraviglia, o che si promette o dà loro quella parrucca come un premio. Essi devono risguardare i propri abiti come belli o brutti solo in quanto sono necessari al corpo. Ma i genitori stessi non spendano molte cure pei loro abiti, ed evitino di specchiarsi a lungo alla presenza de' figli; dacché qui, come per tutto, l'esempio ha grandissima efficacia e fortifica o distrugge le buone dottrine.

B.

Dell'educazione pratica.

42. L'educazione pratica abbraccia: 1° l'abilità; 2° la prudenza; 3° la moralità. Riguardo all'abilità, si richiede che sia fondata, soda e non fuggitiva. Non si deve aver l'aria di conoscere quello che non possiamo poi tradurre in atto. L'abilità deve anzitutto essere ben fondata, soda e convertirsi a poco a poco in abito della mente. Qui sta l'elemento essenziale del carattere d'un uomo. L'abilità è necessaria all'ingegno.

La prudenza consiste nell'arte di applicare all'uomo la nostra abilità, ossia di giovarci degli uomini per i nostri fini. Molte condizioni son necessarie ad acquistare la prudenza; la quale è propriamente l'ultima virtù dell'uomo, ma pel suo pregio tiene il secondo posto.

Se un giovane deve abbandonarsi alla prudenza, è necessario ch'ei si renda chiuso d'animo e impenetrabile, e sappia bene indagare l'animo altrui. Rispetto al carattere segnatamente egli dev'essere chiuso d'animo. L'arte di apparire esteriormente è la convenienza, e bisogna possedere quest'arte. Difficil cosa è indagare l'animo altrui, ma devesi necessariamente comprendere l'arte di render sè stesso impenetrabile. Bisogna pertanto dissimulare, cioè nascondere i propri difetti. Dissimulare non è sempre fingere e può talvolta esser lecito, ma si avvicina, oltre che all'astuzia, alla immoralità. La dissimulazione è un mezzo disperato. La prudenza richiede che l'uomo non dimostri troppa furia, ma neppure che sia indolente. Non dobbiamo pertanto essere furiosi, ma energici; il che non è la stessa cosa. Uomo energico (strenuus) è colui che prova diletto nel volere. Qui si tratta. di moderare l'affetto. La prudenza ha relazione col temperamento.

La moralità risguarda il carattere. Sustine et abstine, questo è il modo di prepararsi ad una savia moderazione. Se vogliamo formare un buon carattere, bisogna prima domar le passioni. Riguardo alle sue tendenze, l'uomo deve acquistar l'abito di non lasciarle degenerare in passioni e di fare a meno di quanto gli è negato. Sustine vuol dire: sopporta ed avvezzati a sopportare.

Per avvezzarsi a fare a meno d'una cosa ci vuole coraggio ed una certa disposizione di animo. Fa d'uopo avvezzarsi ai rifiuti, alla resistenza, e va dicendo.

Al temperamento appartiene la simpatia. Convien preservare i fanciulli da una simpatia troppo viva o troppo languida. La simpatia si addice realmente alla sensibilità; conviene solo ad un carattere sensibile. Si distingue pure dalla compassione, e forma un male che consiste nel rimpiangere semplicemente una cosa. Ai fanciulli dovrebbesi regalare un po' di denaro, perché possano aiutare i bisognosi: a questo modo si vedrebbe se hanno, o meno, compassione per gli altri; quando i figli sono generosi coi quattrini dei genitori, perdono questa dote dell'animo.

La. massima: festina lente significa un'operosità costante. Dobbiamo affrettarci ad imparar molte cose, festina; ma bisogna anche saperle profondamente, e però in ogni cosa spendervi il tempo necessario, lente. Alla dimanda, se ad una gran somma di cognizioni sia o no preferibile una minor somma di conoscenze ma più soda, si risponde: Val meglio saper poco ma saperlo bene, che saper molto ma superficialmente; perché in questo caso uno finirà sempre per accorgersi della imperfezione delle sue conoscenze. Ma il fanciullo ignora altresì in quali circostanze avrà bisogno di queste o di quelle cognizioni, e quindi è meglio ch'ei sappia di tutto qualcosa profondamente: se no egli ingannerebbe ed abbaglierebbe gli altri con imperfette cognizioni.

La cosa più importante si è di fondare il carattere; il quale consiste nella ferma risoluzione di voler fare una cosa e di metterla realmente in pratica. Vir propositi tenax, dice Orazio; ed ecco il buon carattere. Se, a mo' d'esempio, ho promesso una cosa, io devo attenere la mia promessa, qualunque danno possa derivarmene. Difatti, un uomo che prende una certa risoluzione e che non la eseguisce, non può aver più fiducia in sè stesso. Se, puta caso, avendo risoluto di alzarmi tutti i giorni di buon'ora per studiare, o per fare questa o quella cosa, o per passeggiare, poi non ne fo niente, scusandomi, in primavera perché di mattina fa troppo freddo e mi potrebbe far male, in estate perché è bene dormire ed il sonno mi è particolarmente piacevole; e se rimando di giorno in giorno d'eseguire la mia risoluzione, finisco col perdere ogni fiducia in me stesso.

Tutto quello che si oppone alla morale dev'essere escluso dalle nostre risoluzioni. Il carattere in un uomo cattivo è cattivissimo, e già si chiama un uomo caparbio; ma si ama sempre di vedere che uno eseguisca le sue risoluzioni e vi si mostri costante, benché si preferisca di vederlo costante nel bene.

Non c'è molto da sperare da colui che procrastina sempre d'eseguire i suoi intendimenti, come la sua. futura conversione. Difatti, un uomo che ha sempre vissuto nel vizio e che vuol essere convertito in un attimo, non può riescirvi: si richiederebbe un miracolo perché egli divenisse, in un batter d'occhio, eguale a colui che ha vissuto onestamente tutta la vita. Impertanto nulla possiamo ripromterci dai pellegrinaggi, dalle mortificazioni e dai digiuni, perché non si vede in che possano questi pellegrinaggi ed altre pratiche somiglianti cooperare a far d'un vizioso un uomo onesto. Qual profitto possono l'onestà e il miglioramento dei costumi ricavare dal digiunare il giorno, salvo a mangiar di più la notte, o dall'infliggere al corpo una pena che in nulla potrebbe conferire alla conversione dell'anima?

Se vogliamo fondare un carattere morale nei fanciulli preme di seguire le infrascritte norme.

Bisogna indicar loro, meglio che si può, con esempi e regolamenti, i doveri da compiere. Questi doveri sono quelli stessi ordinari che i fanciulli hanno verso sè medesimi e verso gli altri, e però vanno desunti dalla natura delle cose. Vediamo più di proposito in che consistono.

a) Doveri verso sè stesso. Questi non consistono già nel procurarsi un abito magnifico, nel darsi lauti desinari, quantunque nelle vesti e nei desinari convenga ricercare la decenza. E neppure consistono nel cercar di soddisfare i nostri desideri e le nostre inclinazioni, poiché dobbiamo anzi mostrarci temperanti e riservati; ma consistono nel conservare nella personalità interiore una certa dignità, che fa dell'uomo una creatura più nobile di tutte le altre. Difatti, all'uomo corre obbligo di non disconoscere nella sua propria persona la dignità della natura umana.

Ora noi dimentichiamo questa dignità quando, per esempio, ci diamo all'ebbrezza e a vizî contro natura, ad ogni sorta d'intemperanza: cose tutte che pongono l'uomo più basso ancora dell'animale. Nè meno contrario alla dignità umana è l'avvilirsi dinanzi agli altri, o ricoprirli di complimenti, sperando di cattivarsi l'animo loro con una condotta sì indegna.

Dovrebbesi far sentire la dignità umana al fanciullo nella sua propria persona, nel caso (per esempio) di laidezza, che almeno disdice all'umanità. Ma è soprattutto colla menzogna che il fanciullo si rende inferiore alla natura umana, giacché suppone oramai dispiegata in lui la facoltà di. pensare e quella di comunicare agli altri i suoi pensieri. La menzogna fa dell'uomo un essere degno di generale disprezzo, e lo rende a sè stesso indegno di quella stima e fiducia che ognuno dovrebbe portare a sè medesimo.

b) Doveri verso gli altri. Si deve per tempo inculcare al fanciullo il rispetto dei diritti dell'uomo, e procurare che lo metta in pratica. Se un fanciullo, poniamo, incontra un altro fanciullo povero e lo respinge fieramente dalla sua via, o se gli dà un colpo, non dobbiamo dirgli: «Non far così, ciò fa male a questo fanciullo, e somiglianti espressioni:» ma alla sua volta bisogna trattarlo con la stessa fierezza, e vivamente fargli sentire quanto la sua condotta è contraria al diritto dell'umanità. La generosità i fanciulli non la posseggono affatto. A persuadersi di ciò, basta che i genitori impongano al loro figlio di dare a un altro la metà d'una fetta di pane coperta di burro senza prometterglione un'altra; o il figlio non obbedisce, o se per caso obbedisce, lo fa mal volentieri. D'altra parte, come parlare di generosità ai fanciulli, se ancora non ne hanno affatto?

Parecchi autori hanno pienamente omessa o mal compresa, come il Crugott, la sezione della morale che comprende la dottrina dei doveri verso sè stesso. Il dovere verso sè stesso consiste, come si è detto, nel conservare la dignità della natura umana nella propria persona. L'uomo, fermandosi colla mente sull'idea dell'umanità, biasima e corregge sè stesso. In questa idea trova un originale, un modello a cui paragona sè medesimo. Quando gli anni crescono e la inclinazione pel sesso incomincia a farsi sentire, quello è il momento difficile; e l'idea della dignità umana è sola capace di frenare il giovane. Bisogna avvertirlo in tempo a diffidare di questo o di quello.

Nelle nostre scuole manca. quasi interamente una cosa che tuttavia sarebbe così utile per educare all'onestà i fanciulli, manca cioè un catechismo morale del diritto (Katechismus des Rechts) . Esso dovrebbe contenere, sotto forma popolare, casi risguardanti la condotta da tenersi nella vita ordinaria, e che naturalmente implicherebbe sempre questa questione: Ciò è giusto od ingiusto? Se qualcuno, che dovesse oggi pagare il suo creditore, si lasciasse commuovere alla vista d'un infelice e gli desse la somma che ha da pagare al suo creditore, farebbe cosa giusta? Ingiusta, perché chi vuol praticare la beneficenza occorre sia libero da ogni debito verso gli altri. Soccorrendo un povero, fo una cosa meritoria; ma pagando il mio debito, fo il dover mio. Si domanderebbe, inoltre, se la necessità può giustificare la menzogna. No di certo! non si potrebbe concepire un solo caso in cui potesse ciò scusarsi, almeno davanti ai fanciulli; ché altrimenti essi piglierebbero la più lieve cosa per una necessità e si permetterebbero spesso di mentire. Se ci fosse un libro di questo genere, vi si potrebbe spendere con grande utilità un'ora ogni dì, per insegnare ai fanciulli a conoscere ed a pigliare a cuore i diritti degli uomini, che sono eccitamento posto da Dio sulla terra.

In rispetto all'obbligo di essere benefici, questo è un dovere imperfetto. Occorre meno affievolire che eccitare l'animo dei fanciulli per renderlo sensibile alle sventure altrui. Che il fanciullo sia tutto penetrato non dal sentimento, ma dall'idea del dovere! Molte persone son divenute realmente dure di cuore perchè altre volte essendosi mostrate compassionevoli, furono di sovente tratte in inganno. È inutile di voler far sentire a un fanciullo il lato meritorio delle azioni. I preti commettono assai volte l'errore di presentare gli atti di beneficenza come qualcosa di meritorio. Anche senza riflettere che, agli occhi di Dio, non possiamo far mai che il nostro dovere, si può dire che adempiamo semplicemente l'obbligo nostro beneficando i poveri. Difatti, la disuguaglianza del benessere tra gli uomini deriva da mere condizioni accidentali. Dunque, se io posseggo beni di fortuna li debbo a quelle circostanze che han favorito me o chi mi ha preceduto, e però devo pensare anco alla società di cui sono membro.

Si eccita l'invidia in un fanciullo avvezzandolo a stimare sè stesso giusta il valore degli altri. Egli deve, al contrario, stimar sè giusta le idee della sua ragione. Cosi l'umiltà vera e propria è un confronto del nostro valore colla perfezione morale. La religione cristiana, per esempio, comandando agli uomini di paragonar sè medesimi al modello sovrano della perfezione, li rende umili piuttosto che insegnar loro la umiltà. Far consistere l'umiltà nello stimar sè meno degli altri è assurdo. Vedi come questo o quel fanciullo si porta bene! e somiglianti espressioni. Parlar così ai fanciulli non è certo il modo d'inspirar loro nobili sentimenti. Quando l'uomo stima sè, giusta il valore degli altri, cerca o di elevarsi sopra loro, o di abbassarli. Il secondo caso è proprio dell'invidia. Allora non si pensa che a trovar difetti negli altri; solo a questa condizione si regge al confronto, e si riesce superiori. Lo spirito di emulazione applicato non bene produce l'invidia. Quando volessimo persuadere alcuno che una cosa è fattibile, qui l'emulazione potrebbe giovare: come, puta caso, quando esigo da un fanciullo un certo còmpito e gli mostro che altri han potuto farlo.

A un fanciullo non va permesso di umiliare gli altri in qualsiasi modo. Conviene adoprarsi a soffocare ogni superbia fondata sui vantaggi della fortuna. Ma bisogna fondare in pari tempo la franchezza, cioè una modesta fiducia in sè medesimo. Essa mette l'uomo in grado di mostrare e far valere convenientemente tutte le sue belle qualità. La franchezza va distinta dall'arroganza, che sta nel non curarsi affatto dei giudizi altrui.

Tutti i desiderî umani sono o formali (libertà e potere), o materiali (relativi ad un oggetto), cioè desiderî d'opinione o di piacere; o, finalmente, risguardano la semplice durata di queste due cose, come elementi della felicità.

Sono desiderî della prima specie quelli degli onori, del potere e delle ricchezze. Appartengono alla seconda specie i desideri del piacere sessuale (voluttà), delle cose (benessere materiale) e della società (conversazione). Sono, infine, desideri della terza specie l'amore della vita, della salute, delle comodità (il desiderio d'essere scevro di cure nell'avvenire).

I vizî sono quelli o di malignità, o di bassezza, o di grettezza d'animo. Alla prima specie appartengono la invidia, la ingratitudine e la gioia per la sventura altrui; alla seconda, la ingiustizia, la infedeltà (falsità), il disordine vuoi nel dissipare le proprie sostanze, vuoi nel rovinarsi la salute (intemperanza) e la propria reputazione; alla terza specie, la durezza di cuore, l'avarizia e la infingardia (effeminatezza).

Le virtù sono o di puro merito, o di obbligazione stretta, o d'innocenza. La prima classe comprende la magnanimità (che consiste nel domare sè stesso vuoi nella collera, vuoi nell'amore del benessere materiale e delle ricchezze), la beneficenza, il dominio sopra sè stesso. Spettano alla seconda classe l'onestà, la decenza e la dolcezza; alla terza infine, la buona fede, la modestia e la temperanza.

Si domanda: l'uomo è moralmente buono o cattivo per sua natura? Io rispondo: egli non è moralmente buono nè cattivo, perché non è un essere morale per natura; e' diviene morale quando innalza la sua ragione fino alle idee del dovere e della legge. Si può dir tuttavia che l'uomo racchiude in sè tendenze originarie per tutti i vizî, avendo inclinazioni ed istinti che lo spingono da una parte, mentre la sua ragione l'attira dalla parte opposta. Egli dunque potrebbe divenire moralmente buono solo in grazia della virtù, ossia d'una forza esercitata sopra sè stesso, quantunque possa rimanere innocente finché non si destano le sue passioni.

La maggior parte dei vizi derivano da quello stato di moralità che fa violenza alla natura; e ciò nondimeno la nostra destinazione come uomini è di uscire dal puro stato di natura dove non corre differenza tra noi e gli animali bruti. L'arte perfetta ritorna alla natura.

Nella educazione tutto dipende da una cosa ed è: si stabiliscano dovunque buoni principi e si facciano comprender bene ed accettare dagli alunni. Questi devono imparare a sostituire all'odio l'orrore di tutto ciò che ripugna all'animo od è assurdo; il timore della propria coscienza a quello degli uomini e dei castighi divini; la stima di sè medesimi e la dignità interiore all'opinione altrui; il pregio intrinseco delle parole e la condotta ai moti del cuore; l'intelligenza al sentimento; una pietà serena e di animo lieto a una devozione mesta, cupa e selvaggia.

Ma bisogna anzitutto preservare i giovani dal pericolo di stimar troppo i meriti della fortuna (merita fortunae).

43. Se togliamo ad esame l'educazione dei fanciulli nella sua attinenza colla Religione, la prima questione da risolvere è questa: Si può inculcare per tempo ai fanciulli idee religiose? Ecco un punto di Pedagogia sul quale si è molto disputato. Le idee religiose suppongono sempre qualche Teologia. Ora, come insegnare una Teologia alla prima gioventù, che non conosce ancora il mondo e neppure sè stessa? I fanciulli, che non hanno ancora la nozione del dovere, come potrebbero capire un dovere immediato verso Dio? Ciò che v'ha di certo si è, che se potesse avvenire che i fanciulli non fossero mai presenti ad alcun atto di venerazione verso l'Ente supremo, e non udissero mai pronunziare il nome di Dio, sarebbe allora conforme all'ordine delle cose d'attirare prima la loro attenzione sulle cause finali e su quanto si addice all'uomo, di esercitarvi il loro giudizio, d'istruirli sull'ordine e sulla bellezza de' fini della natura, di aggiungervi poi una cognizione più estesa e perfetta del sistema dell'universo, e di venir cosi alla idea d'un Ente supremo, di un Legislatore. Ma siccome tutto ciò non è possibile nello stato presente della società, come non può vietarsi che i fanciulli non odano pronunziare il nome di Dio e non siano presenti ad atti di devozione verso di Lui, se volessimo attendere per insegnar loro qualcosa intorno a Dio, ne deriverebbe nel loro animo una grande indifferenza per la Divinità, o un'idea falsa di essa, come il timore della potenza divina. Ora, poiché bisogna evitare che questa idea metta radice nella immaginazione dei fanciulli, devesi cercare per tempo di inculcar loro idee religiose. Il che, per altro, non vuol essere un mero esercizio di memoria, nè una pura imitazione affettata, ma devesi al contrario seguir sempre la via naturale. I fanciulli, pur non avendo ancora l'idea astratta del dovere, dell'obbligazione, della condotta buona o cattiva, capiranno esservi una legge del dovere e ch'essa non consiste nel piacere, nell'utile, o in altre simili considerazioni che la determinano, ma in qualcosa di generale che non si fonda sui capricci umani. Bensì il maestro medesimo deve farsi questa idea.

Prima si deve tutto riferire a Dio nella natura, e attribuire ancor questa a Lui. Per esempio. si dimostrerà in primo luogo che tutto è disposto per la conservazione delle specie e per l'equilibrio loro, ma indirettamente anche per l'uomo affinché possa rendersi felice.

La miglior via per dare fin da principio un'idea chiara di Dio sarebbe questa: paragonare per analogia il concetto di Dio con quello d'un padre che abbia cura di noi tutti; si arriva cosi felicemente a concepire l'unità del genere umano come una sola famiglia.

In che adunque consiste la Religione? La Religione è la legge che risiede in noi stessi, in quanto riceve da un legislatore e da un giudice l'autorità che ha su noi; è la morale applicata alla cognizione di Dio. Se la religione non si unisce alla morale, essa altro non è che una maniera di sollecitare il favore celeste. I cantici, le preghiere, il frequentare le chiese, tutto ciò deve servire unicamente a dare all'uomo nuove forze ed un nuovo coraggio per diventare migliore; altro non deve essere che la pura espressione di un cuore animato dall'idea del dovere; tutto ciò è preparazione al bene, ma non costituisce il bene in sè. Non possiamo piacere all'Ente supremo se non diventando migliori.

Ai fanciulli conviene anzitutto insegnare la legge che hanno entro di loro. L'uomo è dispregevole agli stessi occhi suoi quando cade nel vizio. Questo disprezzo ha la sua ragione in sè, e non già nella considerazione che Dio ha proibito il male; imperocché non è necessario che ogni legislatore sia nel tempo stesso autore della legge. Così un principe può vietare il furto nei suoi Stati, e nondimeno egli potrebbe non essere l'autore della proibizione del furto. Quindi l'uomo riconosce che la sua buona condotta può solo renderlo degno della felicità. La legge divina deve nel tempo stesso apparire come una legge naturale, poiché non è arbitraria. La Religione rientra dunque nella moralità.

Ma non bisogna cominciare dalla Teologia. La religione che sia fondata semplicemente sulla Teologia, non può contenere alcun che di morale. Essa non ispirerà altri sentimenti che il timore da una parte e la speranza del premio dall'altra; e quindi produrrà un culto superstizioso. La Morale deve pertanto venir prima della Teologia. E così abbiamo la Religione.

Dimandasi coscienza la legge considerata in noi. La coscienza è veramente l'applicazione delle nostre azioni a questa legge. I rimorsi della coscienza resteranno inefficaci, ove non li consideriamo come rappresentanti di Dio, il cui trono sublime è fuori e sopra di noi, ma che ha pure stabilito in noi un tribunale. D'altra parte, quando la Religione non è accompagnata dalla coscienza morale resta inefficace. La religione senza la coscienza morale, come abbiamo detto, è un culto superstizioso. Si pretende servire Dio con lodarlo, per esempio, col celebrarne la potenza e la sapienza, senza curarsi di osservare le leggi divine, senza neppur conoscere e studiare la sapienza e potenza di Lui.

Taluni cercano in quelle lodi una sorta di narcotico per la loro coscienza, o una sorta di cuscino sul quale sperano riposare tranquillamente.

I fanciulli non sono in grado di capire tutte le idee religiose, ma possiamo tuttavia inculcarne loro alcune; queste bensì debbono essere piuttosto negative che positive. È inutile di far recitare formole ai fanciulli; questo non può dar loro che un'idea falsa della pietà. La vera maniera d'onorare Dio sta nell'operare secondo la volontà di Lui: ecco la massima che si deve inculcare ai fanciulli. Nell'interesse loro e nell'interesse nostro, si badi che il nome di Dio non sia profanato così spesso. Invocarlo nei desiderî e negli augurî, sia pure con intendimento pietoso, è una vera profanazione. Ogni qualvolta gli uomini pronunziano il nome Dio, e' dovrebbero essere tutti compresi di rispetto; dovrebbero pertanto farne uso di rado e mai leggermente. Il fanciullo deve imparare a riverire Dio, prima come signore della sua vita e dell'universo, poi come protettore o provvidente dell'uomo, e finalmente come suo giudice. Dicesi che Newton si raccogliesse un momento ogni qualvolta pronunziava il nome di Dio.

Unendo e rendendo chiare nella mente del fanciullo ad un tempo le nozioni di Dio e del dovere, gl'insegniamo a rispettar meglio le cure provvidenziali di Dio verso le sue creature, e lo preserviamo dalla tendenza alla distruzione ed alla crudeltà, che in tanti modi si compiace di tormentare i piccoli animali. Si dovrebbe nello stesso tempo istruire la gioventù a scoprire il bene nel male, mostrandole, per esempio, modelli di nettezza e di operosità negli animali di rapina e negli insetti. Essi fan ricordare agli nomini cattivi il rispetto della legge. Gli uccelli che danno la caccia ai vermi, sono i difensori de' giardini; e così prosegui.

Bisogna pertanto inculcare ai fanciulli certe nozioni intorno all'Ente supremo, affinché quand'essi vedono gli altri pregare, sappiano a chi e perché si fanno quelle preghiere. Ma poche hanno da essere tali nozioni e, come dicemmo qui sopra, puramente negative. Devesi cominciare ad imprimerle fin dalla. prima età nell'animo dei fanciulli, ma insieme badare ch'essi non istimino gli uomini secondo la pratica della rispettiva religione; imperocché, nonostante la diversità dei culti religiosi, trovasi dovunque unità di Religione.

44. Aggiungeremo, per concludere, alcune osservazioni, rivolte particolarmente ai fanciulli che entrano nella giovinezza. A quest'età il giovinetto principia a fare certe distinzioni che non faceva prima. Viene in primo luogo la differenza dei sessi. La natura ha in qualche modo gettato là sopra il velo del segreto, come se là ci fosse qualcosa di meno decente per l'uomo e che per lui fosse un mero bisogno della vita animale. Essa ha cercato d'unirlo con ogni sorta di moralità possibile. Gli stessi popoli selvaggi conservano su questo punto una specie di pudore e di ritegno. I fanciulli curiosi fanno talvolta certe dimande su questa materia alle persone adulte, per esempio: Donde nascono i bambini? Ma possiamo contentarli facilmente o dando risposte insignificanti, o dicendo loro che la dimanda è proprio da bambini.

Meccanico è lo svolgimento di queste tendenze nel giovinetto; e, come in tutti gl'istinti che si dispiegano in lui, non ha bisogno di conoscerne prima l'oggetto. È dunque impossibile di mantener qui il giovinetto nella ignoranza e nella innocenza che l'accompagna. Il silenzio non fa che aggravare il male. Una prova ci è fornita dall'educazione dei nostri antenati. Secondo l'educazione dell'età nostra, si ammette giustamente che di queste cose bisogna parlare al giovinetto senz'ambagi, in modo chiaro e preciso. Per fermo si tocca un tasto delicato, poiché non se ne fa volentieri soggetto di conversazione pubblica. Ma tutto sarà ben fatto se gli parliamo di ciò in modo serio e conveniente, e se penetriamo nelle sue inclinazioni.

L'età dei tredici o dei quattordici anni è quella ordinariamente in cui la tendenza per il sesso dispiegasi ne' giovinetti (se avviene prima, vuol dire che i fanciulli sono stati corrotti e perduti da cattivi esempi). A quell'età il giudizio loro si è già formato, e la natura l'ha provvidamente preparato affinché possiamo allora discorrere di tal oggetto con essi.

Non v'è cosa che tanto fiacchi lo spirito e il corpo quanto la specie di voluttà che l'uomo consuma sopra sè stesso; non occorre dire ch'essa è contraria alla natura umana. E quindi non si deve più tener celata al giovinetto. Bisogna mostrargliela in tutto l'orrore suo, e dirgli che si rende così disadatto alla propagazione della specie, che rovina le sue forze fisiche, che si prepara una vecchiaia prematura, che consuma il suo spirito, e va dicendo.

Per fuggire le tentazioni di questo genere bisogna stare occupati sempre, e non concedere al letto ed al sonno altre ore che le necessarie. A questo modo il giovinetto caccerà via dalla mente i pensieri cattivi; poiché, sebbene l'oggetto esista nella pura immaginazione, egli usa ancora la forza vitale. Quando la inclinazione si porta sull'altro sesso, almeno s'incontra sempre qualche resistenza; ma quando è rivolta sopra lo stesso individuo, può ad ogni momento essere appagata. Rovinoso è l'effetto fisico; ma le conseguenze morali sono ancor più funeste. Qui si varcano i confini della natura, e la tendenza non è mai sazia, perché non trova mai alcuna soddisfazione reale. Rispetto ai giovani, alcuni precettori han posto la quistione: Può ad un giovane permettersi di formare unione con una persona di sesso diverso? Se bisognasse scegliere uno di questi due partiti, il secondo sarebbe certamente migliore. Nel primo caso il giovane opererebbe contro natura; ma nel secondo, no. La natura l'ha destinato a diventare uomo, e quindi anche a propagare la specie umana, appena è in grado di proteggere sè stesso; ma i bisogni, ai quali deve necessariamente sottostare l'uomo nella società civile, non gli consentono di poter ancora allevare i suoi figli. Qui pertanto egli va contro l'ordine civile. Il miglior partito pel giovane, e questo è per lui anche un dovere, sta nell'attendere che sia in grado di unirsi regolarmente in matrimonio. Operando così, egli si mostrerà non solo uomo dabbene, sì anche buon cittadino.

Il giovine apprenda per tempo a dimostrare alla donna tutto il rispetto che le si deve, a meritarne la stima con lodevole operosità, ed a prepararsi così all'onore d'una felice unione.

La seconda differenza che il giovinetto, vicino oramai ad entrare nel mondo, comincia a porre è quella che risguarda la distinzione dei ceti e la disuguaglianza degli uomini. Finché resta fanciullo, non bisogna fargli notare questa differenza. Non gli si deve permettere di comandare ai domestici. S'egli osserva che i suoi genitori comandano ai domestici, gli si può sempre dire: Noi li manteniamo, e però essi ci obbediscono. I fanciulli ignorano del tutto questa differenza, se i genitori non ne porgono loro l'idea. Convien dimostrare al giovinetto come la disuguaglianza degli uomini sia un ordine di cose derivato dai vantaggi onde certi uomini hanno cercato di distinguersi dagli altri. La coscienza dell'eguaglianza degli uomini, nonostante la disuguaglianza civile, può essergli inspirata a poco a poco.

45. Fa mestieri di avvezzare il giovine a stimar sè giusta il proprio valore, e non secondo il valore altrui. La stima degli altri, in tutto ciò che non costituisce affatto il valore dell'uomo, è vanità. Bisogna, inoltre, insegnare al giovine a fare ogni cosa coscenziosamente, ed a porre ogni cura non tanto di parere, quanto di essere. Gli si faccia comprendere che se prima non ha ben riflettuto, non deve pigliare una risoluzione; meglio sarebbe di non venire in alcuna deliberazione, e di lasciar sospesa la cosa. Insegnategli la moderazione ne' suoi rapporti col mondo e la pazienza nel lavoro: Sustine. Raccomandategli la temperanza ne' piaceri: Abstine. Quando l'uomo non desidera unicamente i piaceri, ma sa ancora essere paziente nel lavoro, diviene un membro utile alla società e si preserva dalla noia.

Conviene pure istruire il giovine a mostrarsi festevole e di buon umore. La serenità dell'animo deriva naturalmente dalla coscienza tranquilla. Raccomandategli pertanto di conservare lo stesso temperamento. Con l'esercizio egli può arrivare a mostrarsi sempre di buon umore in società.

Abituatelo a considerare molte cose come doveri. Un'azione dev'essere pregevole non perché si accorda colla mia inclinazione, ma perché nel farla io compio il mio dovere.

Bisogna educare il giovine all'amore verso gli altri e poi a tutti i sentimenti verso l'umanità. Nell'animo nostro v'ha qualcosa che vuole c'interessiamo di noi stessi, di coloro coi quali siamo cresciuti non che educati, e del bene universale. Va reso familiare questo interesse ai fanciulli perchè riscaldi le anime loro. Essi devono gioire del bene universale, anche quando non torni a vantaggio della patria o di loro stessi.

Conviene abituarli ad accordare una mediocre stima al godimento de' piaceri nella vita. Così svanirà il timore puerile della morte. Occorre dimostrare ai giovani che il piacere non fa conseguire ciò che promette.

Bisogna, per ultimo, fermare la loro attenzione sulla necessità di rendersi conto ogni giorno della propria condotta, perchè al termine della vita possano stimare debitamente il valore acquistato.